続・小間物屋安兵衛

小原光衛
Koei Obara

続・小間物屋安兵衛　目次

装画　さいとうゆきこ

続・小間物屋安兵衛

切れた鼻緒

一

寛政二（一七九〇）年四月半ば（新暦五月下旬）――。

奥州霞露《かろ》藩一万石の城下、八日町の次郎兵衛長屋に住む小間物屋の安兵衛は、戸を開け放って長屋の掃除を始めた。南部藩野田通り野田村に行き、十日ほど長屋を空けていたのだ。

生業《なりわい》とする小間物の担ぎ商いは、父親の安吉から引き継いだ。その安吉は七年ほど前に病没し、母親は安兵衛が小さいころに病で死んだ。二十二にもなって嫁もいない独り者だ。密かに通う女がいるが、古着屋の大旦那の囲い者だ。

開け放った部屋に日が差し込み、すがすがしい気が満ちたような気がした。

掃除をしながら、空いているはずの隣の長屋に人の気配を感じた。

（野田に行っている間に誰か引っ越して来たのか）

そう思いながら、布団を干し、四畳半の部屋を丸く掃いて、水瓶の水を替えたら十日ぶりの掃除が終わった。なにしろ狭い長屋に一人住まいだから掃除はすぐ終わる。

次は洗濯だ。霞露と野田を往来し、着物も脚絆《きゃはん》も下帯も汚れた。

（きょうは天気がいいからすぐに乾きそうだ）

こう思って井戸端に行こうとしたら、見知らぬ男が顔を出した。

「隣に越して来た一見斎要助《いちげんさいようすけ》と申す」

丁寧な挨拶をした隣の住人は、総髪の三十前後の男だった。安兵衛と同じようによく日に焼けている。

安兵衛も名乗って、小間物の担ぎ商いをしている、と教えた。

「わしは本草学を学んでいます」

「何ですか、その本草学とか言うものは」

「薬になる草や木、動物の角や骨などを調べる学問です。わしは主に薬草を調べて奥州を歩いているうちに霞露に面白い男がいると知ってやって来たのです」

「霞露にそんな男がいますか」

「うむ、すごい男です。一目《ひと》会いたくて来ました」

「へえ。で、一見斎さんはどちらの出で」

安兵衛は、すごい男がどんな男なのか、を聞かずに一見斎の生国を聞いた。

「野州（栃木県）小山の出です」

「初めて聞く国の名ですね。いろいろ教えてほしいんですが、洗濯やら何やらで手を離せないので夕方、一膳飯屋に行きませんか」

「いろいろ教えてほしいのは、こちらの方。よろしく頼みます」


夕方、安兵衛と一見斎は、一膳飯屋『もりよし』で濁り酒を飲んでいた。

安兵衛が年を聞くと、三十と答えた。

「あっしの八つ上ですか。実は若いのか年が行っているのか、分からなかったんです」

「この通り真っ黒に焼けていますからね」

一見斎は煮物を食った後、うまそうに濁り酒を飲んだ。

「どうして、本草学などを学ぼうと思ったんですか」

「わしの実家は薬種問屋です。いずれ跡を継ぐので江戸の学者の門を叩き、一から学び始めました。一通り学んだところで先生に、野山を歩いて直に学んで来い、と言われて奥州に来たのです」

「奥州に来て何年になるんですか」

「かれこれ十年です」

「一見斎さんは跡取り息子ですよね。年は三十。実家は何も言ってこないのですか」

一見斎は声を上げて笑った後、頭が痛いことだ、とぼやいた。

「早く帰って来い、許婚《いいなずけ》も待ちくたびれている、とやいのやいのと催促の文が飛んできます」

「許婚がいるんですか。野州の小山って、江戸より遠いんですか」

「いいえ。江戸より近いです。ざっと百三十里（五百二十キロ）ですかね」

「百三十里か……。そんなに遠ければ、ちょっと顔を出して、また霞露に戻るって訳に行きませんね」

「そう。で、霞露で二、三年、学んだら帰る、と文を送ったところです」

「霞露にいる間に江戸のことを教えてください。あっしは一度江戸に行ってみたいと思っているんですが、なかなか行けないので……」

「いいですよ。わしも安兵衛さんに教えてほしいことがある」

「あっしは学がないから教えることは何もありませんぜ」

「すごい男のことです」

「そんな男、いますかね」

どんな男か、と聞こうと思ったとき、食い終わった客の膳を下げながら一膳飯屋の主の盛《もり》吉《よし》が安兵衛に聞いた。

「金貸しの『喜全屋《きぜんや》』の因業親父が死んだ話、聞いているか」

「いいや。旅から帰って来たばかりだから初耳だよ。どんな死に方か知らないけど、十一《といち》の高利で銭を貸していた喜全屋の親父が死んだ、と聞いてみんな喜んでいるだろう」

安兵衛が盛吉の顔を見上げて答えた。

喜全屋は質屋だ。ちゃんと質草を持って行くと、百文（二千五百円）につき月四文（百円）の利息で銭を貸す。質草のない者は「百一文」を使う。これは朝に銭を借りて夕方に返すのだが、百文につき一文の利息がつく。蓄えのない棒手振りや職人がよく使う。朝、喜全屋で銭を借りて売り物を仕入れ、それを売って夕方に利息をつけて返すのだ。手軽だが、仕入れた品が売れずに一度返しそびれて何日も経つと、利息が増える。十日で十文、つまり一割、十一になる。月に直すと、三割の高利だ。

百文、二百文のうちは、まだ小口だからいいが、千文、二千文も借りて払えないと、たちまち首が回らなくなる。何しろ十一の銭貸しだ。十日に一割の利息を取る。十日なんてあっと言う間だ。払えないと知ると、喜全屋は若い衆を使って家に押しかけ、銭になりそうな物なら何でも持って行く。薬を買う銭を借りて払えなかった家では、病人が寝ている布団をはがして持って行かれたと言う。こんな話はごまんとある。喜全屋を恨んでいる者が多い。

「もうけた銭を盆栽に注ぎ込んでいたそうだが、その盆栽の棚の前で倒れていたんだって」
二、三人の客が箸を止めて盛吉の話を聞いている。
「あっしは借りたことがないけど、ざまあ見ろ、と思っている者が多いはずです」

安兵衛が言うと、別の客がうなずいて言った。

「赤飯を炊け、と言って銭をかき集めて嬶《かかあ》を米屋に走らせた者もいたそうだな」

「その話、おれも聞いた」

笑い声が上がった。

「死んで喜ばれるなんて、よほどあくどい商いをしていたんですね」

「あくどいなんてものじゃないな。我利《がり》我利《がり》亡者って言うのは喜全屋のことだ」

赤飯の話を教えた客が断じた。

「どんな男だったんですか。もうけを盆栽に注ぎ込むなんて……。どんな生き方をしたんでしょうか」

一見斎は、誰にともなく聞いた。

「どんな、って。ああ、そうか。一見斎さんは霞露のご城下に来たばかりだから、喜全屋のことは知らないんだ」

こう言って盛吉は、一見斎の向かいに座った。

「けちの塊だよ。奉公人にまともな飯も食わせていなかったという話だ、借りた銭を払えず、借金の形に取る物がなく体で返せと迫られ、手籠めにされた女房や娘もいるそうだ」

「そんな男が盆栽ですか」

「女房は手代と駆け落ちするし、客は定めた日限にはきちんと返します、と言いながら踏み倒そうとする。人は裏切るが、盆栽は裏切らない、と言うのが口癖だったそうだ」

「あれだけけちだと、女房が男と逃げるのも当たり前さ」

「まったくだ」

客たちの笑い声が店の中に響き、誰も聞こえなかったようだが、安兵衛には一見斎がつぶやいた言葉が耳に入った。

「心寂しい男だったのか……」

二

翌朝、安兵衛は久しぶりに天和池で棒術の稽古に汗を流した。親父と慕う油売りの伊助に誘われて棒術の稽古をしているのだ。伊助の動きは、舞の所作のようだ。棒を使う伊助の一人息子の伊之助、小太刀を使う水売りの五助も黙々と体を動かす。

稽古を終えて長屋に戻って井戸の水を汲んで体を拭いていると、一見斎が顔を出して聞いた。

「安兵衛さん、どこに行っていたんですか」

「ちょっと体を鍛えに……。どうしたんですか」

「わしはまだ鍋釜を買っていないので飯を作れないのです。昨夜《ゆうべ》行った一膳飯屋で朝飯を食いませんか」

体を拭いた安兵衛は、一見斎と一緒にもりよしに行った。

飯を食い終わって帰ろうとしたとき、十手を持った男が入って来た。八日町や花屋町などを縄張りとする岡っ引きの仙蔵だ。常吉と言うずるそうな顔をした下っ引きも一緒だ。

「親父、次郎兵衛長屋の一見斎とか言う男が来ていないか」

ああ、来ていますよ、と盛吉が答えたのと、わしだが、と言って一見斎が立ち上がったのが同時だった。

「おお、お前か。おれはこの辺りを預かっている目明かしの仙蔵と言う」

岡っ引きは、十手を掌に軽くとんとん叩きながら一見斎を頭のてっぺんからつま先までじろじろ見た。

「近ごろ、ご城下に流れ着いた薬草採りがいると聞いて来た。薬草採りなら毒草も分かると思うが、見てほしいものがある。飯を食い終わったら一緒に来てほしい」

「いま食い終わったところです。何を見ればいいんでしょうか」

一見斎は無遠慮な仙蔵の態度に腹も立てずに応じた。

「呉服町の質屋喜全屋の主が死んでいるのが見つかった。それが寿命による死か、何か毒物による死か、見てほしいのだ」

「はい、分かりました。これまでの経緯《いきさつ》をざっと教えてもらえると、有り難いのですが……」

「何、簡単なことさ。主が倒れていると言う訴えが自身番にあったのでおれが駆けつけると、喜全屋は盆栽棚の前で死んでいた。近くに如雨露《じょうろ》が転がっていた。盆栽に水を遣《や》っているときに急に心の臓が止まって死んだと思うが、念のため医者を呼んで診《み》てもらったら、同じ見立てだった」

「親分、だったら、一見斎さんの見立てはいらないのではありませんか」

盛吉が茶を出しながら仙蔵に聞いた。

「おれもそう思う。だが、念のため、仕えている同心の兼澤《かねざわ》英嗣郎様に『病死だ』と知らせたところ、『喜全屋は日ごろから恨みを買っていた男だ。だから誰かもう一人の見立てがほしい』と言われたのさ。そこでおれが薬種問屋の『延命堂《えんめいどう》』に行って主に頼もうとしたが、南部藩に買い付けに出かけたばかりだと断られた。代わりに番頭が挙げた名が一見斎、お前だったのだ」

「その番頭さんでもよかったのではありませんか」

「おれもそう思って顔を貸せと言ったが、目の回るような忙しさで、と断られた」

「そう言う経緯でしたか。よく分かりました。わしでお役に立てるなら、お手伝いいたします」

一見斎は、安兵衛に一緒に行きませんか、と目で合図して仙蔵について喜全屋に向かった。

安兵衛が一見斎の後ろについて歩いて行くと、仙蔵は一見斎に何度も同じことを繰り返して言っていた。

「これまでおれの見立てが狂ったことはない」

得意げに言った後、こう念を押した。

「どう見てもあれは、殺しではない、な」

後ろで聞いていた安兵衛には、仙蔵はこれ以上厄介事に巻き込まれたくないと考えているようだと思えた。

喜全屋に着くと、手代が出て来た。店の中はほかに人気がしない。女気もない。

安兵衛は、ふと飯は誰がつくっているのだろうか、と思った。

一見斎は、布団に寝かせられた主の顔や体を調べた。

「口や鼻から匂いもなく、発疹などもありませんでした。苦しげな顔をしていますが、これは心の臓を締めつけられた痛みによるものなのか、何か別の恐ろしさから来たものか、分かりません」

「やはり病による死のようだな」

仙蔵は、わが意を得たりとばかりに声高に言った。

「わしは医者でもないので、これ以上、はっきりしたことは言えません。ただ……」

「ただ、どうした」

「はい、一つだけ気掛かりなことがあります」

「何だ」

何か見落としていたのか、と思ったのか、仙蔵は落ち着きのない声で聞き返した。

「この痩《や》せ具合、かなり妙です。日ごろ、どんな飯を食っていましたか」

一見斎は、そばに控えていた若い手代に聞いた。

二十歳過ぎに見える寅三と言う手代だ。いまでは喜全屋のただ一人の奉公人だ。寅三もまたがりがりに痩せている。

「わずかな飯と薄い味噌汁と漬物を二、三切れ」

「朝昼晩、それでしたか」

「へい。倹約、倹約と言う主でしたから……」

安兵衛には寅三がおどおどしているように見えた。

(まあ、岡っ引きに調べられることはないだろうから当たり前か)

「要するに、しみったれだったんだろ」

仙蔵が言うと、寅三はうなずいた。

「ここまでのところ、年と言うよりも滋養不足で心の臓が止まったように思えます。念のため倒れていた場所を見せてください」

「やはり、おれの見立てで間違いないな」

仙蔵は自慢顔をして、こっちに来い、と顎をしゃくった。

言われるままについて行くと、盆栽棚が並ぶ庭に出た。棚は三列に並び、松や梅、楓などが三十鉢ほどあった。鉢の土はみんな乾いていた。主の急な死で水を遣る暇がなかったのだろう。

仙蔵が二列目の前に行って地面を指し示して言った。

「喜全屋が倒れていたのは、この辺りだ。如雨露が足もとに落ちていたな」

手代が、へい、とうなずいた。

「寅三、もう一度聞くが、喜全屋は何歳になっていた」

「へい、元文《げんぶん》元年生まれですから五十五です」

「五十五か。お迎えが来てもおかしくない年だな。近ごろ、胸が痛むなんて言っていなかったか」

「そう言われれば、今年になってから二、三度聞きました」

安兵衛と一見斎は、盆栽を見ながら仙蔵と寅三のやりとりを聞いていたが、二人とも寅三が仙蔵の話に合わせているような気がしていた。

喜全屋の盆栽は、いい物が二、三あったが、後はたいした物がなかった。一見斎がこうつぶやいたのが聞こえたのか、寅三が口を挟んだ。

「あのー、盆栽の半分は借金の形に取った物です」

「ああ、それなら分かります。倹約で知られた喜全屋さんがこんな盆栽に銭を払う訳がないでしょうから」

こう言ってすぐ一見斎が足を止めた。松でも梅でも楓でもない変わった盆栽が目に入ったのだ。

「これは……」

「あ、それは万年竹とか言うらしいです。それも誰かの質だったような気がします」

一見斎は万年竹の鉢が気になるようで指で土をいじくっている。脇にいた安兵衛の目にも鉢の土が入れ替えられたばかりに見える。鉢のそばに土がこぼれている。

「おい、薬草採り。何かあったか」

「はい、親分。これですが、ね」

仙蔵は筍の形をした盆栽の前に立った。筍は半分土に埋まり、上部から細い茎が伸びている。

「これは万年竹とか、長命竹とか言われて盆栽として売り買いされていますが、実は大芹とも言う毒芹です」

「何っ、毒芹だって」

「はい。かなり毒の強い芹です。この土を見てください。ここ二、三日の間に掘り起こし、埋め戻した感じです。慌てていたのか、土が山盛りになっているところもあれば、隙間のあるところもあります。鉢の外に結構落ちています」

うなずいた仙蔵は、下っ引きの常吉に鉢を逆さまにするように命じた。

乾いた土がこぼれ落ち、下半分が切り落とされた大芹が現われた。

「やはり……。何者かがこの大芹を使って喜全屋の主を殺したのかもしれません」

寅三の顔がさっと青ざめた。それを見逃さなかった仙蔵が言った。

「寅三、お前、何か知っているな。自身番に来い。とっくりと話を聞く」

寅三は常吉に背中を小突かれて出て行った。

十手を掌に軽く叩きながら仙蔵が一見斎に言った。

「おれが睨んだ通り喜全屋は病死ではなく、手代の寅三に殺されたんだ。これから締め上げてやる」

三

数日後――。

あまり品物が売れず、安兵衛はまだ日があるうちに次郎兵衛長屋に帰って来た。

冷たい水を飲もうと思って井戸を見ると、井戸端で一見斎要助が採ってきた薬草を洗っていた。かなりの量がある。

「要助さん、ずいぶんいっぱい採って来たね」

一見斎と親しくなった安兵衛は、名を呼ぶようになっていた。

「郭公《かっこう》の鳴き声を聞きながら、天和池を歩いていて毒矯《どくだみ》と碇草《いかりそう》の群落を見つけたのさ。群落というほどではないが、鳴子百合もあったし、母子草も少し採って来た」

「洗った後は、どうするんで」

「陰干しにした後、延命堂に持ち込む」

干した毒矯は生薬の十薬《じゅうやく》として消炎、解毒に使われる。碇草と鳴子百合は強壮薬になる。乾燥させて煎じた母子草は、咳止めや胃の腑の炎症に効くと言われる。乾燥させて細かく刻んだ母子草は莨の替わりにもなる。

「安さんは、きょうは早かったね」

「きょうは厄日だよ。売れないばかりか、約束していた客は急用ができて家にいないし……」

「まあ、そんな日もある。わしもそうだ。きのうは全然採れなかったが、きょうはこの通り。水洗いを手伝ってくれたら酒を馳走する」

「それは有り難い。捨てる神あれば拾う神あり、だ」

「わしは神ではないが、困ったときは相見互いさ」

毒矯の茎と根を洗い、十本を一束にして細い紐で縛る。それが済めば碇草だ。鳴子百合と母子草は少ないのですぐに終わった。水気を切って一見斎の長屋に干した後、もりよしに行って中汲み一升と煮物を買って来た。

中汲みは濁り酒の上澄みと沈殿《よどみ》の中間を汲み取った酒だ。濁り酒は一合四文（百円）だが、中汲みは倍の八文もする。

酒も肴も一見斎が払うと言っていたが、それでは悪い、せめて食う分だけは、と見栄を張って安兵衛が払った。


「先生、いるかい」

二人が酒盛りを始めてすぐ声がかかった。

長屋の戸を開け放っているので中は丸見えだ。いるも、いないも、確かめるまでもない。一見斎の返事を聞く前に、大きな徳利を抱きかかえた七助に続いて半切り桶を持った由が上がり込んで来た。桶には焼き魚や煮物、漬物が入っている。

「おや、七助さん。ずいぶんと豪気だね。何かあったのかい」

一見斎が聞いた。

「きょう、棟上げがありまして、ご祝儀が出たんですよ。これは酒を買って先生と飲まなきゃと思ってね」

七助の目元が赤い。少し飲んで来たようだ。

二人は上がり込んで一見斎を挟んで座った。勢い安兵衛は端に追われ、四畳半しかない部屋がますます狭くなった。

一見斎が次郎兵衛長屋に越して来て間もなく、急な熱を出して唸っていた由に薬を飲ませて病を治したことがある。七助はそのときの礼をしようと思って酒と肴を買って来たのだ。

「お由、何している。早く先生に注ぎな」

由は一見斎にぴったりくっついて座り、徳利の濁り酒を注ごうとした。

「お前さん、先生は中汲みを飲んでいるよ」

「ありゃ、しくじったか。先生にたっぷり飲んでもらおうと思って濁り酒を買って来たんですが……」

一見斎の頬が緩んだ。

たっぷり飲んでもらおう、と言った七助の気持ちがうれしかったようだ。

「喜んでいただきますよ」

中汲みを飲み干した茶碗に由が濁り酒を注いだ。

「うん、うまい。七助さんとお由さんの気持ちがこもった酒だ。うまい」

由はうれしそうに一見斎の顔を見ている。

「先生、先生は江戸に行ったことがあるかい」

由が聞いた。

「はい。二年ほど住んでいました」

「江戸って、どんなところだい」

「とにかく人が多い所です。霞露のご城下は人数《ひとかず》（人口）が八千人と聞いていますが、江戸はここの百倍以上です。

「ここの百倍以上！」

七助も由も素っ頓狂な声を上げた。

「とにかく人が多いからいろいろなものが商いになるんです。一つが当たりを取ると、大儲けできます」

「いま、何が流行っているの」

一見斎にぴったりくっついている由がさらに体を押しつけながら、聞いた。

四畳半のうちの奥の一畳には畳んだ布団が置いてある。その布団の上に薬研や薬研台、天秤を入れた箱を載せている。三畳ちょっとの狭い部屋に四人もいるのだから、くっつかざるをえない。だが、由はそれをいいことに一見斎に体を押しつけている。

安兵衛は同じ長屋に住む参から、お由は一見斎先生から口移しで薬を飲ませてもらったのさ、と聞いていたが、このくっつきようを見ると参の話は嘘ではなさそうだ。

「いまも昔も流行っているのが歌舞伎です」

「ああ、話だけだけど、聞いたことがある」

七助が相槌を打った。

「きれいな役者がきれいに着飾って芝居をするんだって。一度、観てみたいね。先生は観たことがあるのかい」

尋ねた由の顔が少し赤くなっている。

「はい、一度だけ。『娘道成寺』という出し物でした。花子という白拍子が赤に枝垂《しだ》れ桜の着物を着ているのですが、あっと言う間に浅葱《あさぎ》色に枝垂れ桜の着物に変わったのにはびっくりしました。ええ、着物もきれいでしたが、役者の踊りもきれいでした」

由はうっとりした顔をして聞いている。七助と安兵衛は、そんな早や変わりができる訳がない、と言う顔だ。

「あっと言う間に赤い着物から薄い藍色に変わるのかい」

「どうすれば、そんなに早く変われるんですか」

由と七助が矢継ぎ早に聞いた。

「あらかじめ仕込んでいた糸を引き抜けば、赤い着物が抜け落ちて薄い藍に変わるという仕掛けらしいですよ」

「木戸銭、高いんだろうな」

こう聞いたのは安兵衛だ。

「安さん、わしが連れて行ってもらったのは三、四人が座れる桝席でした。一桝三分（七万五千円）だったのか、二分（五万円）だったのか、覚えていませんが、高かったと思います」

「三分だって。うちの亭主の稼ぎの八日分ですよ」

由がびっくりした声を上げた。

「先生は、そんな高い歌舞伎を見に行っていたんだ」

「わしの先生が奥様と二人の娘さんと行くはずだったんです。先生に急な用ができてわしがお伴したのです。あれから何年経ったことか。……かれこれ十年か」

一見斎は江戸での暮らしを思い出しているようだった。

「安い席はないのかい」

「お由さん、舞台正面二階に向こう桟敷という席がありましてね、そこが確か百文（二千五百円）だったと思います」

「その席なら何とかなりそうだね。でも、江戸に行くことなど、夢のまた夢。江戸どころか、生きている間に盛岡に行けるかどうか。せめて一年に一回は、御山《ござん》村の湯に行きたいよ」

御山村は、城下の北に聳える霞露岳の麓にある。天台宗の古刹御山寺と温泉で知られる。

「そのうち連れてってやるよ」

「ほんとうかい。そのとき、先生も一緒に行かないかい」

「七助さんとお由さんの邪魔をするほど野暮じゃありません」

一見斎は七助に酒を注いだ後、七助に安兵衛にも酒を注いでくれと頼んだ。

「御山の湯もいいけど、おれは一度海を見てみたいな。安さん、見て来たんだって」

安兵衛は南部藩の北東にある野田村に行き、海を見て来たばかりだ。

「うむ、見て来た。とにかく広い。広いとしか言いようがないな。七助さん、大人の足なら片道四日もあれば見に行けるよ」

「八日の往来か」

「お前さん、八日も仕事を休んで行く気かい」

「休める訳がねえだろう」

「当たり前だよ」

大きな笑い声が狭い長屋を揺るがした。

四

翌朝、安兵衛と一見斎は、借りた徳利と半切り桶を返しがてらもりよしに行った。

「いい酒だったけど、少し飲み過ぎたようです」

一見斎が笑いながら箸を取った。

「要助さん、お由さんにずいぶんと攻められていましたからね」

「参りましたよ。けさ、起きるなり、二日酔いに効く薬を作りました」

「効きましたか」

「いいや、まだ。二日酔いには、水をたくさん飲んで眠ることが一番いいと思っています。そんなことが許されないときは、汗を掻いて稼ぐ。これしかないですね」

そんな話をしていると、もりよしの戸が勢いよく開いた。

「薬草採りの一見は来ているか」

ずいぶん威張った口ぶりだ。

入り口に背を向けていたが、安兵衛には下っ引きの常吉と分かった。

「岡っ引きの腰巾着のお出ましですよ、要助さん」

「何の用かな」

小声で話していると、盛吉が腰を低くして答えた。

「一見と言う男は来ていませんが、一見斎先生なら来ています」

「おれが探しているのは、そ、その先生よ」

「一見斎さん、仙蔵親分の一の子分の常吉さんだよ」

一見斎は立ち上がり、二十歳前に見える常吉に丁寧に頭を下げた。小者ほど威張りまくり、一度機嫌を損じたら面倒なことになることを知っているからだ。

「仙蔵親分の言伝だ。『きょうの五つ半（午前九時）に八日町の自身番に顔を出せ。同心の兼澤英嗣郎様からお話がある』と言うことだ。分かったな」

「はい、分かりました」

「分かればいい。遅れるな。親父、腹が減った。飯をくれ」

常吉が顔を出したときから飯をたかられると思っていた盛吉は、すぐに膳を出した。ほかの客よりも品数が多いばかりか、濁り酒の入った椀もつけてある。

「親父は相変わらず気が利くな。うむ、空きっ腹に効くな」

酒を飲み干し、飯もきれいに平らげると、礼も言わずに満足そうな顔をして出て行った。

「銭を払う気はないようですね」

一見斎があきれて言うと、盛吉は苦笑した。

「何、いつものことですよ。儲けの薄い一膳飯屋には痛いですが、考えようによれば安いものです。何か困りごとがあったとき、頼みやすいですから……」

膳を下げに来た女将がぼやいた。

「去年だったか、毎朝飯を食いに来たことがありましてね、困ってしまって五日目あたりから少し塩辛い味付けにしたら、しばらく来なくなったよ」

「そう言えば、そんなこともあったな」

主が大笑いし、一見斎も安兵衛もつられて笑った。


五つ半近くになり、安兵衛が一見斎に聞いた。

「要助さん、八日町の自身番の場所、分かりますか」

「だいたい見当つく」

「送って行きますよ」

一見斎を送り届けた安兵衛が自身番の前でうろうろしていると、同心の兼澤英嗣郎と仙蔵がやって来た。腰巾着の常吉も一緒だ。

「物見高い安兵衛殿のお出ましか」

兼澤が口許に笑みを浮かべて言った。

「いえ、一見斎さんを送って来たまでです」

「冗談だ、冗談。友の一見斎を思う気持ちに免じて同行を許す」

「兼澤の旦那、それはちょっとまずいのでは」

仙蔵が口を挟んだ。

「何がまずい。一見斎殿は下手人でも何でもない。本草学者の一見斎先生の考えを聞くのだ。霞露に来て間もない先生のそばに友がいれば、心穏やかに、忌憚なく、考えを陳《の》べることができるのではないか」

兼澤に続いて仙蔵、常吉が自身番に入った。安兵衛が遅れて入ると、上がり框《かまち》に腰を下ろしていた一見斎の姿が見えた。

「おい、そこの下っ引き、床几を持って来い。一見斎先生は下手人ではないのだ。上がり框や土間に座らせる訳に行かねえだろ」

一見斎が床几に座ると、兼澤が上がり框に腰を下ろし、そばに置いてあった煙草盆を引き寄せた。腰差し煙草入れから煙管《きせる》を取り出して一服つけた。

「わしは酒も好きだが、莨も手放せなくてのう」

こう言った後、名乗った同心は一見斎より二つ三つ年上に見える。

「一見斎先生が喜全屋の死を毒草によるものと見抜かなければ、主殺しの下手人を見逃すところであった」

兼澤が頭を下げると、仙蔵が口を挟んだ。

「旦那、毒草による殺しと見抜いたのはおれですぜ」

「仙蔵、お前はずっと寿命による病死だと言っていたではないか」

「確かにそうですが、喜全屋の盆栽棚の中に万年竹の盆栽を見つけてぴんと来たんです」

「万年竹が毒草だと教えたのは、一見斎先生だったろう」

仙蔵は小声で、へい、と答えたが、同心は聞いてもいなかった。

「先生、仙蔵が寅三をかなり締め上げたようで、すっかり吐きました。仙蔵の手柄と褒めたいところだが、一番は毒草と見抜いた一見斎先生の眼力だ。その礼に寅三が主を殺した訳と手口を教えたい、と思って来てもらいました。物見高屋の安兵衛もよく聞け」
寅三はこう言った、と前置きして話し始めた。

※

――喜全屋に奉公して八年目になります。お店ではいろいろなことがありました。奉公四年目で内儀は手代と駆け落ちするし、その翌年には番頭さんが銭を持ち逃げしました。人使いの荒い主に嫌気が差し、五人いた奉公人がみんな辞めて行ったのです。去年から奉公人は、手前だけになりました。利息を払えない家に取り立てに行くのも手前一人です。

そんなある日、利息を払えない家の娘を連れて来ることになりました。その娘は一晩中、喜全屋に弄ばれるに決まっています。はい、手前の幼馴染みのお梅さんです。三つ年下のお梅さんと同じ長屋で育ち、同じ寺子屋に通った仲です。主に「お梅さんだけは勘弁してください」と泣いて頼んだのですが、聞いてくれませんでした。

三度の飯は一膳飯と薄い味噌汁に少しの菜。毎日、腹を空かせていました。盆栽に水を遣るのが遅れただけで殴られ、「飯抜きだ」と言われたことが何度もあります。主は盆栽が好きでした。機嫌がいいときは鋏を使いながら、「人は裏切るが、盆栽は裏切らない。手をかけた分、水を遣った分、きれいに育つ。寅三、わしを裏切るんじゃないぞ。裏切らずに奉公したら、暖簾分けしてやる」と言ったものです。そんな日があったかと思うと、朝から不機嫌な顔をして手前に当たり散らす日もありました。

しょっちゅう殴られていて顔から青あざが消えたことがありません。痛みを堪えて盆栽に水を遣っているとき、質の形に万年竹を持って来た客がいたことを思い出したのです。その客が「筍に似ているが、大芹と言う毒草だ。いくら腹を減らしていても食うな」と教えてくれたことを思い出しました。筍飯を作って主に食わせて殺したら気分がいいだろうな、などと思って憂さを晴らしていたんです。

はい、お梅さんを呼んで来いと言われなければ、手前の胸の中での憂さ晴らしに終わったはずです。

お梅さんの親父さんは、腕のいい箒《ほうき》職人でした。酒が好きで稼ぎは酒に化けていました。酒がなくなると、喜全屋で銭を借りて箒の材料の箒草を買って来て編んで売りに出る。売れると、その足で「百一文」の銭を喜全屋に返し、濁り酒を買う。お梅さんは十二になると、近くの古着屋に住み込みの奉公に出ました。まるでそれを待っていたかのようにお袋さんは、残った二人の子どもを連れて長屋を出て実家《さと》に帰って行きました。

お梅さんが奉公に出て三年目か四年目のとき、住み込みから通いに変えました。何でも親父さんの体を心配して飯を作るためだったと聞きました。そのときは喜全屋の借金がかなり溜まっていたのですが、主は「返せ」と強く迫りませんでした。いまにして思うと、お梅さんが大人になるのを待っていたのです。

主を殺した前の晩、「寅三、明日、お梅を連れて来い。利息分を払いに来い、と言ってな」と言われたのです。翌朝、筍飯を出しました。棒手振りの豆腐屋から買った油揚げも入れた飯です。「何だ、この飯は。そんな銭はないはずだ」と言うので「客から筍をもらったので筍飯を作ったのです」と答えました。客の名を聞かれましたが、いい加減に答えました。主は「ほお、うまいな。ただ、だと思えば、余計うまい」と言ってお代わりをして食べました。手前は筍飯を食ったことも作ったこともないので「何だ、これは」と突き返されると思っていました。ですから、お代わりしたのにはびっくりしました。

食べたすぐ後に吐きましたが、きれいに拭き取りました。あんなに効くとは思ってもいませんでした。

はい、お梅さんとはいずれ夫婦《めおと》になろう、と話し合っていた仲です――。

※

「何とも痛ましい話ですな」

話を聞いた一見斎は、つぶやくように言った。

兼澤がうなずくのを見て一見斎が続けた。

「寅三もお梅も不憫《ふびん》です。殺された喜全屋も……」

仙蔵が眉を吊り上げた。

「喜全屋は殺されてもしょうがあるまい」

「女房や番頭、手代に逃げられ、信じられるのは銭と盆栽だけ。かわいそうな男です。毎日、粗末な飯を食い続けて滋養が足りず体がすっかり弱っていたのでしょう。寅三が筍飯と偽って食わせた大芹の量は分かりませんが、あっさり心の臓が停まってしまったようです。普通に滋養を摂っていれば、下痢ぐらいで済んで死ぬことはなかったかもしれません。それに、もしも寅三が大芹のことを知らなければ、主を手にかけることもなかったでしょう」

同心は、ふふっ、と鼻で笑った。

「一見斎先生は、殺された喜全屋ばかりか、殺した寅三も不憫と言うのか」

「行く行くは夫婦にと思っていた娘が主に手籠めにされそうになれば、殺したくなるのも分かります。やはり寅三もお梅も不憫としか言いようがありません」

「確かに不憫だが、情け心のない主であっても主殺しは死罪と決まっている。近く奉行所で裁きがある。まず磔《はりつけ》の刑は免れまい」

「はい、そうだと思います。お定めを曲げることはできませんが、不憫な思いが残るのもまた事実。何とも後味の悪い笥飯でした」

「確かに、後味の悪い笥飯だったな」

これを潮に一見斎と兼澤が立ち上がり、自身番を出た。

安兵衛も続いたが、何か奇妙な感じがしたのか首をかしげて出て来た。

五

数日のうちに喜全屋をめぐる噂が飛び交った。

——藩の勘定方が喜全屋の土地から建物、証文、質草などのすべてを押さえ、盆栽は盆栽屋に、質草は小間物屋『万屋』に払い下げられた。その銭は弔いの掛かりと米や味噌などの喜全屋の借金の払いに充てられたそうだ。

――残された証文をすべて合わせて見たら、貸していた銭は百五十両（千五百万円）ほどだった。勘定方はこれを取り立てて逼迫している藩財政に充てようとしたが、一人十両（百万円）以上の大口はなく、一両、二両の小口ばかりだった。人を雇って借り手を割り出して取り立てる手間を考えると、割に合わないことが分かってあきらめて帳消しにすることにした。

――これに喜んだ借り手は、藩に没収された喜全屋にやって来て寅三を「寅三大明神」と呼んで拝んで行った。


もちろん、こうした噂話は、一見斎の耳にも安兵衛の耳にも入ってきた。

不思議なことに梅をめぐる噂話は、なかった。

寅三が磔になった翌朝、安兵衛と一見斎は、いつものように一膳飯屋もりよしで飯を食っていた。

「安さん、わしが自身番に呼び出された日のこと、覚えていますか」

「よく覚えていますよ」

「安さんは首をひねりながら自身番を出て来たことも――」

「覚えていますよ」

「何故、首をひねっていたのですか」

一見斎は味噌汁を飲んだ後、飯を頬張った。

「寅三がお梅と同じ長屋に住み、同じ寺子屋に通っていた、と仙蔵親分に吐いたそうですが、どこの長屋なのか、どこの寺子屋なのか、を言わなかったのを奇妙に思ったのです。それに、あっしの知っている箒職人にお梅のような年ごろの娘がいる職人はいない。誰のことだろうか、と考えて自身番を出て来たのです」

「確かに、どこの長屋なのか、どこの寺子屋なのか、はっきり言いませんでしたね」

「奇妙に思って調べました。もちろん同心の兼澤様には、人を介して断りを入れています」

「本当ですか。何を調べたのですか」

「まず寅三がどこの出なのか、を。寅三を知っている者がいないか、探したんです。あちこち歩いているうちに東野村の出らしいと聞きましてね。今度は東野村に行って聞いて回っていると、昔の寅三を知っていると言う男と会えました。その男から寅三の兄の居どころを教えてもらったんです」

飯を食い終わっていた安兵衛は、白湯を飲んだ。

「安さん、すごいですね。で、寅三はどんな男でしたか」

「何と言えば、いいのか……。あっしの話を聞いた兼澤様も啞然としていました」

※

――東野村で寅三のことを知る二、三人の男と会いました。主を殺したことを知っている者は「あの嘘つきがとうとう殺しまでやったのか」とうなずき、知らない者は「あの嘘つきは、今度は何をやらかしたのだ」と聞いてきました。

みんな口をそろえて言ったのは、あの嘘つき、です。

会った男たちの話をまとめると、「七つ、八つのころから平気で嘘をつき、年寄りから一文、二文の小銭や食い物を騙し取っていた。十も過ぎると、あそこの亭主とあそこの嬶が乳繰り合っていた、とありもしない噂をばらまいて夫婦喧嘩をするのをにやにや笑って見ていた。十四で喜全屋に奉公が決まったときは、嘘つきが村からいなくなるとみんな喜んだものさ」と言うことでした。

育った家を聞くと、そろって「あんなのは家なんて言わねえ。掘っ建て小屋だ。水呑み百姓の親父に子どもが何人いたんだか……。育ったのは男が二、三人ぐらいか……」と笑っていました。

寅三の親父もお袋もとっくに死んでいました。一人で暮らしている水呑み百姓の兄貴の居どころを教えてもらいました。話を聞こうと思って行くと、けんもほろろに追い払おうとしたんです。話を聞くだけだから、と言って少し銭をつかませたら重い口を開いて、こう言ったのです。

「寅三は弟だったが、とっくの昔に縁を切っている。先だって名主さんが来て亡骸《なきがら》を引き取れと言って来たが、名主さんも知っての通り縁を切りました、と断った。何、その辺に捨ててもらっても構いません。早く死んでよかった、とも言ってやった。この先、何人もの人に迷惑かけずに済んだのだからな」と。

ええ、お梅と言う娘のことも聞きました。また鼻先で笑っていましたよ。

「幼馴染のお梅だと。知らねえな。そんな女、いるはずがねえ。何、同じ長屋に住んで、同じ寺子屋に通った、だと。誰かに聞いたと思うが、俺の家は家なんてもんじゃねえ。夏も冬も風がびゅうびゅう通る掘っ建て小屋だ。そんな小屋に住んでいるんだ。寺子屋に通わせる銭なんぞ、ある訳がねえ。寅三は生まれながらの嘘つきだ。あいつの言うことは一から十まで嘘ばっかりだ」

それを聞いてあっしは、寅三は何故、嘘をつくようになったのだろう、と思ったんです。それが顔に現れたのか、寅三の兄がこう言いました。

「親に、お袋に構ってほしかったんだろ。構ってほしくて嘘をついていると思ったことが何度かある。お袋にしてみれば、構う暇があったら田の草の一本でも抜いたり、草鞋を編んだりした方がいいと思っていたんだろ。まあ、どっちも本人でなければ分からねえことだ」――。

※

「東野村に行って寅三のことは少し分かったんですが、お梅のことはまったく分かりませんでした」

「寅三が死んだ今、お梅を知る術は一つしかないですね」

「はい。腕のいい箒職人を探し出すことです。これから一本松に行って箒職人に当たるところです」

「安さん、一緒に行ってもいいですか」

「もちろん、いいですよ」

四段重ねの木箱を背負った小間物屋と大きな草籠を背にした薬草採りは、並んで一本松に向かった。

六

一本松には朝の一仕事を終えた納豆売りや豆腐売り、青菜売り、川魚売りらが莨をのみながら世間話をしていた。これから商いに出る油売りや鋳掛屋、笊《ざる》売り、草鞋《わらじ》売りらも集まっている。

安兵衛は、まず棒手振りの元締めの油売りの伊助に引き合わせた。

「安から聞いていたよ。おい、みんな。薬草採りの一見斎要助さんだ。見知り置いてくれ」

おう、と応えた棒手振りたちが一見斎の顔を確かめながら名乗ったり、薬を調合してくれと頼んだりした。

引き合わせが一渡り済むと、伊助が言った。

「一度に覚えきれないので少しずつ覚えるんだな。みんな気が荒いように見えるが、根はいい男ばかりだ」

うなずいた一見斎を見た伊助が安兵衛に聞いた。

「安、そろってやって来た用件は何だ」

「へい。寅三の主殺しは聞いていると思いますが、それに関して確かめたいことが一つあるんで」

伊助は目で安兵衛に、続けな、と促した。

「喜全屋を殺すきっかけは、箒職人の娘のお梅をかばうため。こう仙蔵親分の調べに答えたそうですが、箒職人の名が出てこないんで」

「箒職人となると限られてくるな。一人は粂吉だな。酒好きで酒がなくなると、喜全屋から百一文で銭を借りて箒草を買って箒を作っている。いまは中原町の長屋で気楽な独り暮らしをしている爺さんだ。婆さんはだいぶ前に死んだし、子どもはいない。ほかに腕のいい職人を二、三人知っているけど、喜全屋には行っていないはずだ」

そばで話を聞いていた水売りの五助が大声で粂吉を呼んだ。

「きょうは来ていないぜ」

「長屋で酔いつぶれているんじゃないか」

誰かが答えると、違えねえ、と笑い声が上がった。

「誰か、お梅と言う年ごろの娘がいる職人を知らねえか」

伊助が周りにいた連中に声を掛けた。返ってきたのは、お梅なら何人も知っているが、年が合わないと言う答えだった。

寅三の生まれや育ちが分かった。だが、お梅の正体が分からないと、主殺しの動機《きっかけ》が分からない。

「安、寅三はとっくに磔になったんだぜ。いまさら殺しの動機など気にすることもあるまい。何、気になるって。お前も物好きだな」

五助の笑い声を聞きながら、ふと安兵衛は喜全屋に残っていた証文から何か分かるのではないか、と思って伊助に話してみた。

「悪くねえな。だが、安、お前、字、読めるのか」

「そこが問題ですが、ここに本草学の大先生がいます」

「おお、そうだった」

七

その数日後の朝、次郎兵衛長屋に島兵部の中間がやって来て、四つ（午前十時）に奉行所に来い、と伝えた。

一見斎に話すと、いいですとも、と答えた後、ぶつぶつ言いながら首をひねっている。どうやら、一介の棒手振りの油売りがどうやって奉行所と渡りをつけたんだろう、と言っているようだ。

安兵衛は伊助から教えられたばかりだが、島兵部は藩の家数人数《ひとかず》改め方の職にある。藩内の六郡八十一か村を歩き、家数や人数（人口）、牛馬の数を調べるのが役目だ。表向きはそうだが、家数や人数を調べながら村々の動静を探る藩忍び御用の竿灯組の組頭だ。伊助は竿灯組の細作《さいさく》（間者）頭として島に仕えている。

安兵衛の話を聞いた伊助が島兵部に手を回したに違いあるまい。だが、一見斎に教える訳には行かない。

二人が奉行所に行くと、門前で島兵部の嫡男の兵太郎が待っていた。

兵太郎と一緒に案内された部屋に入ると、数百枚の証文が文机に乗っていた。

「特に喜全屋の証文を見ることを許された。刻限は本日夕、七つ半（午後五時）」

兵太郎がこう言った後、安兵衛に聞いた。

「わしも手伝うが、何を探せばいいのじゃ」

「へい、それがよく分からないのです。何か、お梅の手掛かりとなるようなものを見つけてほしいのです」

兵太郎はあきれた顔を見せたが、すぐに傍らにあった証文を取り上げた。

三人は証文の山を一枚一枚、見始めた。百文、二百文の証文が多かった。借りた金額と日にち、返す日にちの後に名が書いてあったが、字より○や×などの印が多く、そこに爪印が押されていた。この証文を判読できるのは書いた本人と喜全屋と寅三だけだと分かった。

「勘定方が借り主を探すのをあきらめた、と言う噂を小耳に挟んだことがありますが、無理のない話ですな」

一見斎があきれたように言った。次々と証文をめくる安兵衛も同じ思いだった。

借り手に梅と言う女はいなかった。ただ梅吉と言う名のある証文が三枚出てきた。

「梅吉と言う男の名が唯一の手掛かりか……。お梅に繋がるといいのう」

三枚の証文を見つけた兵太郎が言った。

「住まいは何と――」

安兵衛が聞くと、兵太郎は証文に目を落として教えた。

「田町の久平長屋」

「田町の久平長屋――。下駄職人の梅吉の住まいだ」

「安さん、田町の梅吉に年ごろの娘はいるか」

「へい」

「九割方、決まりだな。が、念のため残りも確かめるか」

「へい」

昼過ぎに三人は奉行所を出た。まとも字で書いた証文が少なかったので全部見るのにさして時がかからなかったのだ。

結局、梅と言う字のある証文は、梅吉のものだけだった。三百文が二枚、五百文が一枚。三枚合わせた額は千百文（二万七千五百円）だ。たいした金額ではないが、百一文にすがる者には大金だ。

兵太郎は仕事があると言って帰り、安兵衛と一見斎は肴町の茶屋『駿河屋』に足を延ばした。

「安さんは梅吉を知っているようだが、どんな男ですか」

「寅三は箒職人と言ったようだが、梅吉は下駄職人ですよ。下駄を作り、担ぎ売りもしていますが、下駄はいい物だと百文、安い物でも五十文です。草鞋に比べて高いのであまり売れません。むしろすり減った歯の取り替えが多いそうです。切れた鼻緒のすげ替えも多いと聞きましたが、儲けはありません。二束三文ですからね」

安兵衛が茶を一口飲んでから言った。

草鞋は一足二十四文（六百円）で買える。安い草鞋はこの半分の値だ。下駄は五十文（千二百五十円）以上だ。下駄は贅沢品だと言って百姓や職人に履くことを禁じている藩もあるが、霞露では切った木材を無駄にしないように、と禁じてはいない。

「担ぎ売りをしているのであれば、一本松に顔を出すことがありますか」

「毎日ではありませんが、三日に一度は顔を見せます。茶を飲んだら行ってみますか」

夕方、一本松で二人が待っていると、伊助が五助と連れだって戻って来た。

安兵衛は伊助の許に行き、奉行所で証文を検分できた礼を言い、下駄職人の梅吉の証文が出てきたことを教えた。

「下駄売りの梅吉の顔を見たら、ちょっとこっちに来てくれ、と言ってくれ」

伊助が周りにいた者に命じた。ほどなく梅吉が、きょうも鼻緒のすげ替えと歯の取り替えだけだった、とぼやいて戻って来た。

「伊助さん、何か用で」

不審そうに尋ねる梅吉に伊助が聞いた。

「喜全屋に行っていたか」

「へい」

おどおどして答えた。

「ちょっと顔を貸してくれないか」


伊助と安兵衛、一見斎、梅吉の四人は一杯飲み屋『末広』の小上がりに座った。

出された酒を一口飲んでから伊助が口を開いた。

「梅吉さん。喜全屋の寅三を知っているか」

「へ、へい」

話がどこに行くのか分からないためか、梅吉は注がれた酒に手もつけず正座して上目使いに伊助を見ている。

「何、梅吉さんに何かの罪を着せて奉行所に突き出そうというんじゃない。実は、な。寅三が梅と言う名の幼馴染みと夫婦になる約束をしていたと吐いたそうだ。お梅と言う女のことを何か知らないか、と思って来てもらったのだ」

「お梅、ですか……。お梅には心当たりがありませんが……」

「梅吉さん、どうにもお梅という女の姿が見えないのです。お梅がどんな女か分かれば、寅三が喜全屋の主を手にかけた訳が分かると思ったのです。何か心当たりがあれば、どんな小さなことでもいいですから教えてください」

一見斎が頭を下げた。

同じことを考えていた安兵衛も大きな体を折り曲げて頭を下げた。

梅吉は身じろぎせずに何か考えている。

「梅吉さんに娘さんがいたな。その娘さんは喜全屋か寅三と関わりがなかったか」

梅吉がうなずいた。

「ありました。今年の冬の終わりと言うか、春先と言うか、そんなころだったと思います」

※

——娘が言うには、下駄の鼻緒を切らして困っていた男を見て、気の毒に思ってすげてやったそうです。その男が寅三だったのです。人に親切にしてもらったことがないのか、すごくうれしそうな顔をして「いつか恩返しをしたいから名前と住まいを教えてほしい」と言われたそうです。そのときは雪解け道でぬかるんでいたから余計にうれしかったのかもしれない、とも言っていました。

娘は当たり前のことをしただけ、と教えませんでした。それから一月も経ったころだったでしょうか、娘が寅三に呼びつけられました。何かの弾みであっしの娘と知ったようです。どこそこの女房が喜全屋の主に手籠めにされたという噂を聞いたことがあるので断りました。寅三は「主は留守にしていて手前一人です。けっして悪さをしないから」としつこく誘ったのです。

そこまで言うのなら、と娘は行くことにしたのです。心配なのであっしも一緒に行くと言ったのですが、一人で来いと言ってきたので一人で行く、と言って聞かないのです。それで娘は一人で行きました。もちろん、娘には分からないようにあっしはこっそり付いて行きましたよ。

娘が行くと、寅三は「鼻緒をすげてもらったとき、すごくうれしかった。お礼をしたいが、その前にこの酒の酌をしてくれないか」と頼んだそうです。娘は酌ぐらいならと思って注いでやると、寅三はにこにこ笑ってうまそうに飲んだと聞きました。一合の酒を飲み終わると、「すげ替えと酌の礼です」と言って娘の目の前であっしの証文を焼いたそうです。「全部焼くと、主にばれるから」と二、三枚残したと言っていました。

一月ほど経ったころ、寅三が困った顔をして長屋に来ました。たまたま下駄を作るために長屋にいたあっしが出ると、もじもじして「主が借金の形に明日の晩一晩、娘を寄越せと言っています」と告げました。その後、急いで「手前がとりなしてみます」と付け加えて帰って行ったのです。

ここからあっしの推量ですが、寅三は主へのとりなしにしくじり、手をかけたのではないかと思っています——。

※

話し終わった梅吉に伊助は、一杯飲みな、と勧めた。

へい、と答えて梅吉は酒をあおった。

「あっしも娘も、寅三に、いえ、寅三さんに救われたと思っております。あっしらのために磔になったと思うと、いたたまれません」

そう言って涙を拭った。

「娘さんが鼻緒をすげ替えてやったのがよほどうれしかったんだろうな。ここにいる一見斎さんは大芹を使った毒殺を見抜いた薬草採りだが、安兵衛が東野村に行って聞いた話では、寅三は嘘つき、騙《かた》り、札付きの悪、という悪口ばかり。餓鬼のころから親しい友だちはいない。人に親切にしたこともされたこともない。だから、初めて自分に優しくしてくれた娘さんを嫁にしたい、と考えたとしてもおかしくない。岡っ引きの仙蔵の取り調べのとき、梅と言う名の幼馴染みと夫婦になる約束をしていた、と吐いたのは、寅三の夢を語ったんだな」

一見斎が尋ねた。

「ところで梅吉さん、娘さんの名は何と言うんで」

「お梅さんでしょう」

こう言ったのは安兵衛だ。

「いいえ。娘の名は立《たつ》です。初めての子どもだったんで、立って歩くようになったら、かわいい下駄を作ってやろうと考えたんです。立っている姿が目に浮かんで、立、と名づけたんです」

「そうか、お立さんか。いい名だ。寅三は名を知らず、梅吉さんの娘だから、お梅と思ったようだな」

梅吉は右手を立てて目の前で左右に振った。

「伊助さん。立は寅三さんに名前を教えていたそうです。にもかかわらず、お調べのときにお梅と嘘をついたのは、寅三さんなりに立に迷惑がかかると考えたからだと思います」

「言われてみれば、そうだな。箒職人は下駄職人。同じ長屋に暮らし、同じ寺子屋に通ったとありもしないことを並べ立てた」

「嘘つき寅三の面目躍如と言ったところですか」

一見斎が妙に感心した顔を見せた。

「まったくだ。同心の兼澤英嗣郎様もお奉行の細越真之丞様もすっかり騙された。寅三は霞露一番の騙りよ」

こう言った伊助の後を一見斎が引き取った。

「でも、伊助さん、梅吉さん。夫婦になりたい、というのは寅三の本心だったのではありませんか」

みんながうなずいた。

少ししんみりした後、伊助が聞いた。

「一見斎さん、姿が見えなかったお梅が見えたかい」

「はい。お蔭さまで。嘘つき寅三の姿も心も、はっきり見えました」

八

やがて伊助と梅吉は、連れ立って末広を出た。

梅吉が末広に入って来たときはおどおどしていたが、娘の立が嘘つき寅三のひねくれた心を改めさせたと知り、晴れやかな顔をして帰って行った。

「お末さん、あっしらはもう少し飲んでいたいけど、いいかい」

「半刻ほどしたら亭主が迎えに来るから、まだまだいいよ」

末は客に出した丼や皿、ぐい呑みなどの片付けを始めた。

「要助さんは何故、霞露にまで来たんですか」

安兵衛は手酌の酒を飲んだ。

「南部藩の南に田村藩と言う藩がある。そこに焼石岳と言う山があり、その近辺は薬草が多いと聞いて山に入った。いつだったかも言ったように、わしは小山の薬種問屋の倅だ。これを最後に小山に戻るつもりで山を下りて来た。泊まった宿で白井秀雄と言う大変な物識《ものし》りと出会ったのだ」

一見斎は言葉を切って喉を潤すように酒をゆっくり飲んだ。

安兵衛には白井秀雄と言う人物に思いを馳せているように見えた。

一見斎の次の言葉を待っているところに末が徳利二本と新しいぐい呑みを二つ持ってきた。

「二人ともだいぶ飲んだでしょう。これはわたしと亭主の分」

末は笑って自分のぐい呑みに酒を注いだ。

「物識りの要助さんが大変な物識りと言うのだから、よほどの先生なんだろうな」

「そうです。三河国（愛知県）の人と聞いている。和歌、和学、漢学はもちろん、本草学も極め、薬草にも詳しい先生です」

白井秀雄は菅江真澄の名でも知られる文人だ。信濃、越後、出羽、津軽、蝦夷地を旅し、日記、紀行文などを記している。途中、南部藩や田村藩にも足を延ばし、霞露藩でも何日か逗留している。

「その白井先生から霞露藩にすごい男がいると聞いたのです。その男と会ってから小山に帰っても遅くはない、と思って霞露に来たと言う訳です」

「へえ、霞露にそんなすごい男がいるとは知りませんでした。何をした男なんですか」

安兵衛が身を乗り出して聞いた。

「何年もかけて晴雨考《せいうこう》（天気予報）なるものを作り出したそうです。白井先生からこう聞きましたよ」

※

——霞露岳の中腹にある夕時雨村に住む炭焼きが晴雨考作りを思い立ち、毎日、朝昼夕の天気を書き留め始めました。すぐに難しい問題にぶつかりました。暦です。いま使っている暦は、一年十二か月ですが、ほぼ三年に一度、十三か月になります。閏年です。一年の日数も三百五十四日だったり、三百五十五日だったりですが、閏年は三百八十四日になったりします。

これでは、同じ一月一日でも去年と今年では季節が違ってきます。頭を痛めているうちに、春分から翌年の春分までは三百六十五日と動かないことを知り、春分を起点とした暦に天気の書き込みを続けたそうです。

晴雨考を作るに当たって、書き込みを続けていた春分を起点とした暦を、いま使っている暦に戻したのです。それを名主に差し出し、後日たまたま夕時雨村に立ち寄った自分が見せてもらったのです。それは見事な晴雨考でした――。

※

「このように白井先生は手放しの褒めようでした。これを聞いて霞露藩に行って、すごい男に一目会いたいと思ったのです」

一見斎は、白井秀雄を懐かしみながら一気に話した。

静かに酒を飲んでいた末が、晴雨考と聞いて顔を上げて一見斎を見た。顔が輝いている。

「結果として、その晴雨考は外れたそうです。訳は晴雨考を作っていた場所が天気が変わりやすい夕時雨村と言う山間《やまあい》にあったこと。もう一つは天明三（一七八三）年に噴火した浅間山の噴煙で奥州、羽州の空が覆われ、晴れの日が減ったため、と話していました」

信州（長野県）と上州（群馬県）の境に聳える浅間山が噴火したため、奥羽の各地が冷害に見舞われた。大凶作となり、三十万人を超す餓死者が出たと言われる。

「要助さん、あっしはまだ飲み込めない。要するに晴雨考って何ですか」

安兵衛が聞いた。

「わたし、分かるわよ。何月何日《いつそれ》の天気は晴れ、何月何日の天気は雨、とかあらかじめ言うものでしょう。あらかじめ分かれば、百姓仕事や職人仕事などの役に立つ」

末の言葉に一見斎はびっくりした。

「そ、その通りです。お末さん、何故、知っているのですか」

「何故って、何年も何年もかけて天気調べをして晴雨考を作ったのは、わたしの亭主だから」

「えっ――」

一見斎の声が上ずっていた。

末は、早く来ないかな、と言ってにこにこ笑っていた――。

髪結い株

一

寛政二（一七九〇）年春――。

小間物の担ぎ商いをしている安兵衛が肴町の小間物屋『万屋』に仕入れに行くと、主の覚右衛門が口許に笑みを浮かべて近寄って来た。

何か頼みごとがあるときに見せる作り笑いだ。

さて、きょうは何の頼みか、と思いながら、素知らぬふりをして白粉《おしろい》と刷毛《はけ》、頬紅と紅筆、鬢《びん》付け油を注文した。鬢付け油は髪の形を固めるのに使う固練りの油だ。髪油、固油《かたあぶら》とも言うが、単に鬢付けと言うことが多い。

注文の品を並べた覚右衛門が念を押した。

「これでいいか」

「あっ、房楊枝《ふさようじ》を忘れてた。房楊枝も頼みます」

房楊枝は、柳の枝の端を煮て叩き、柔らかい房状にした歯を磨く楊枝のことだ。長さは六、七寸ある。房に塩を付けて磨く者もいる。

安兵衛が銭を払うと、覚右衛門が頼んだ。

「安さん、明日か明後日、御山《ござん》に行ってくれないか」

そら、来た、と思ったが、少し困った。

「明日か明後日、ですか。御山とは反対の南の大畑村に行かなければないんです」

霞露岳の麓にある御山村は、城下から三里ほど北にある。手間を取らない用件なら朝に出立すれば昼には戻れる道程だ。大畑村は城下のすぐ南にある。

「それは急ぎの用かい」

「急ぐと言えば急ぐ仕事でさ」

「礼を弾むから明日、御山に行っておくれ。明後日までに届ける品があったのを忘れて手代を盛岡に仕入れに行かせてしまったのさ。この通り頼む」

「分かりました。で、御山のどこに持って行けばいいんで」

日ごろ世話になっている万屋の頼みを断る訳には行かない。

「有り難い。木助屋と言う小間物屋だ。門前町にある。小間物屋と言うよりも何でも屋だね。本人は一切合切扱っているから合切屋と言っている」

「合切屋ですか。面白そうな男ですね」

「真面目一本の男だ。あまり面白くはないな」

「あっしは会ったことがありますかね」

「ここで何度か顔を見ていると思うが……」

「そうですか。思い出せないな」

「まあ、行けば分かるさ。明日の朝、取りに来てくれ。そのとき、場所を詳しく教えるよ」

「へい。朝飯を食ったら、来ます」

二

万屋を出た安兵衛は、その足で一本松に向かった。

まだ七つ（午後四時）を過ぎた時分だ。誰もいないはずだと思って行ったら、先客がいた。水売りの五助だった。

「五助さん、早いですね」

「売れなかったんだよ。以前は売れるまで粘ったもんだが、年のせいなのか、近ごろはあきらめが早くなったんだ」

安兵衛は五助の隣に腰を下ろした。

「安、砂糖水、飲むか」

うなずくと、銭はいらねえ、と言って椀に入れた砂糖水を寄越した。

「安、月代《さかやき》がだいぶ伸びているぜ」

安兵衛を見下ろす形になった五助が言った。

「へい、あまりむさ苦しい格好もできないと思って『髪善』に行ったんですが、また断られたんですよ」

髪善は松木町にある髪結い床の名前だ。城下のほぼ真ん中にある一本松の近くに店を構えている。主は善助と言う。

安兵衛は五、六日置きに髪善に行って月代を剃ってもらい、こざっぱりした格好を心掛けている。小間物屋は女相手の商いが多いからだ。だが、忙しいと、ついつい行きそびれる。忙しい合い間を縫って行っても、こうして断られると、むさ苦しい頭になってしまう。

一回月代を剃ってもらうと、二十文（五百円）取られる。銭を節約するため嬶《かかあ》に剃らせている者もいるが、あいにく安兵衛には嬶がいない。惚れた女は年上の囲い者だ。惚れた女とは言え、囲い者に剃らせる訳にはいかない。

「また善助が丁場回りに行ったんだな」

髪善は客が立ち寄りやすい地の利に加えて善助の丁寧な仕事が新しい客を呼んでいる。評判を聞きつけ、髪結い職人の少ない近郷近在からもやって来る。そんな客に、半月に一度でいいからおれの村に来てくれ、と乞われて十年ほど前から丁場回りを始めたのだ。

丁場回りは、髪結いの親方が弟子や下職を連れて近郷近在に行くことを言う。下職は弟子ではなく、手間賃を払って使っている手間取り職人だ。

善助が丁場回りするときは、下職の髪結い一人と月代剃りとして弟子二人を連れて行く。

安兵衛は、髪善は腕のいい髪結いと聞いていた。やり手とも聞いていたが、悪い噂は耳にしたこともなかった。

「髪善さんは、ずいぶんといい腕らしいですね」

「好きこそものの上手なれ、って言うやつだ。おれが善助から聞いた話では、髪は黙っていても伸びるものだから、髪結いになれば一生食いはぐれることはない、と踏んで高い銭を払って株を買ったそうだ。十何年か前の話だ。利子が高かったようで、まだ借金が残っているらしい」

「それで丁場回りも続けているんですね」

「それもあるが、行き先々に女がいると言う話だ。本物の女好きだよ、あいつは」

五助が鼻先で笑った。

以前は、善助が丁場回りに行っている間、善助の女弟子の品と辰の二人が切り盛りしていた。一年ほど前に辰が辞めてから髪善は、何人もの月代剃りを雇ったが、みんな腕が悪くてすぐに辞めさせてしまった。辞めさせられた者が続いたため、雇ってほしいと言って来る者も減った。結局、善助の留守中の髪善の仕事は、品一人の肩にかかった。

月代剃りの客だけなら何人来ようが、品一人でもこなせるが、女客に髪結いを頼まれると手いっぱいになる。髪を洗って乾かし、鬢付けで形を整える。一日仕事だ。月代剃りに来た客を待たせるのも悪いと思い、つい断ってしまう。

「お辰さんの後釜の月代剃りは、下手くそで頭が切り傷だらけになったよ」

「まったくだ。近ごろの月代剃りは下手なのが多いからな」

こんな話をしているところに仕事を終えた棒手振りが次々と一本松に戻って来た。

「五助さん、砂糖水、馳走してくれないか」

「銭、払えよ」

「半値で頼むよ」

「しようがねえな」

いつもの掛け合いが始まったな、と安兵衛が思っていると、鋳掛屋の治助がそばに来て聞いた。

「何の話をしていたんだ」

「髪善のお辰の話さ」

「ああ、突然姿を消した髪結いか。姿を消したの、いつだっけ」

「去年だよ」

値切った砂糖水を飲んだ蚊帳売りの吉兵衛が話を引き取った。

「お辰が姿を消した訳がまるで分からないな」

安兵衛の周りに集まっていた男たちが口々に推量を語った。

「駆け落ちと言う話じゃねえか」

「駆け落ちの相手は誰だ」

「それが、いまだに分からない」

「分かる訳がないさ。駆け落ちじゃないからな」

「それじゃ、何だ」

「よその髪結いに引き抜かれたのさ。お辰は腕がよくて別嬪《べっぴん》だから客がいっぱいつくと見たのさ」

「どこの髪結いだ」

「それも、いまだに分からない」

「何でえ、それじゃ駆け落ちとも引き抜きとも言えねえじゃねえか」

「違う、違う。お辰は神隠しに遭ったんだよ。朝飯、食いかけだったと言うじゃねえか。お辰の箱膳の飯椀にも汁椀にも飯も味噌汁も残っていたそうだ。これを神隠しと言わないで何と言うんだ」

箱膳は一人分の飯椀や汁椀、箸などの食器を入れて置く箱だ。飯を食うときに膳とする。

「そう言われりゃそうだな」

いつもは、辰が姿を消したのは、雲隠れなのか、神隠しに遭ったのか、引き抜きなのか分からないまま終わるのだが、この日は違った。

「お辰さんにそっくりな髪結いがいるらしいぜ」

思わせぶりな言い方をしたのは、草鞋売りの六平だ。

どこでだ、いつの話だ、誰が見たんだ、と棒手振りたちが口々に六平に聞いた。

「………」

「六、いつ、誰から聞いた話だ」

「いや、そっくりな髪結いがいる、と聞いたが、いつ、誰から聞いたか覚えていない。どこにいるとも聞かなかったような……」

六平の声が小さくなった。

「何でえ、六の話は、いつもこうだ」

男たちは大声で笑った。

結局、この日も辰が姿を消したのは、神隠しか雲隠れか分からないまま終わった。

棒手振りたちは、自分の知っている噂話をしゃべるだけしゃべると、嬶と子どもが待つ長屋に戻って行った。いつものことだった。

三

翌日、安兵衛は万屋に頼まれた品を背負って御山村に向かった。

城下から一里ほど行くと、三本木原《さんぼんぎがはら》に出る。大小の岩石が転がり、目印となる大木もない荒野だ。天気のいい日は見通しがいいから迷う心配はないが、冬に一間先が見えない猛吹雪に見舞われると、道に迷って命を落とす者もいる。

この三本木原を抜けると、御山村だ。

村に入ってほどなく大きな山門が見えてきた。霞露藩でもっとも古い御山寺《ござんじ》だ。この古刹は春から秋まで絶えることなく、参拝者でにぎわう。近くに御山の湯があり、田植えや稲刈りの後は参拝も兼ねて湯治に来る百姓も多い。

安兵衛が御山寺の山門をくぐると、すぐに若い僧と会った。本尊を祀っている場所を聞くと、ご本尊は一本の桂を掘り出した五尺の聖観音です、と教えながら万治元年（一六五八）に建てられたと言う本堂に案内してくれた。

厳かな観音像を拝んでいるうちに不信心者の安兵衛は、身も心も清められたような気になった。

門前町に足を向け、万屋に教えられた通りに行くと、木助屋はすぐに見つかった。中にいた三十前後の男が主のようだ。万屋は、会ったことがあるはずだ、と言っていたが、見覚えがなかった。

名乗ろうとしたら、先に木助屋が口を開いた。

「小間物屋の安兵衛さんだね」

怪訝な顔をして、へい、と答えると、木助屋が笑って言った。

「万屋さんから、背の高い小間物屋に頼んだ、と言う文をもらっていたのさ。待っていたよ。手前は木助屋の丙助《へいすけ》です」

預かった品を渡しながら、店の中を見ると、いろいろな品を置いている。

「見ての通り、何屋か分からないでしょう」

「へい」

「ここは御山寺の参拝客や御山の湯の湯治客が多いからいろいろな物が売れる。見ての通り、お参りに持って行く線香や蝋燭《ろうそく》、湯に浸かるときの手拭い、土産物、帰りに履く草鞋《わらじ》と何でもそろえている」

土産物には御山塗が多い。大小さまざまな盆をはじめ、膳、椀、箸などが並んでいる。御山村では良質の漆が採れ、昔から漆器作りが盛んだからだ。

「冬になると、お寺に拝みに来る人も湯治の客も減る。春から秋までに稼がないと、飯が食えなくなる。だから、売れそうな物は何でも置いている」

「あっしも同じですよ。春から秋までに、しっかりと稼がない、と」

「米の出来が悪い年は、うんと客が減る。お天道様次第だな」

こう教えながら丙助は、三度笠を脱いだ安兵衛の頭をちらちら見ている。

気づいた安兵衛が言い訳をした。

「ちょっと忙しくて月代を剃りに行く暇がなかったんで」

「忙しいとはうらやましい。お寺に拝みに行く前に湯に入って身を清め、月代も剃ってさっぱりとした身なりになる人が多い。何、もう拝んで来たのか」

「へい、ちょっとむさ苦しい頭でしたが、許してもらえるんじゃないか、と思って、いの一番に拝んで来ました」

「さっぱりして帰りにまた拝んで行くがいい」

「へい、そうします。この近くに髪結い床があるんですか」

「隣にある。でも、髪結いの組合に入っていないので、表立って看板を掲げていない。こじんまりしたものさ。この辺りの者に頼まれたときだけ髪を結ったり月代を剃ったりしている」

霞露では髪結いや月代剃りで銭を稼ぐ者は、株を買って髪結い組合に入らなければならない。安兵衛は、髪結い株が結構高い、と聞いたことがあった。だから、隣の髪結い職人が看板を出していないのは、株を買う金がなかったからだろう、と思った。

「ご城下に急いで帰るなら別だが、御山の湯に浸かって月代を剃って、少しのんびりすればいいさ」

（大畑村は明日にするか）

「それもいいですね」

こう安兵衛が答えると、丙助は木札を寄越した。

「この湯札を湯屋の木戸番に渡すと、湯に入れる」

木助屋は御山の湯の湯札も扱っていた。

「これは売り物でしょう。銭を払いますよ」

「わざわざご城下から来てくれた礼だ」

安兵衛が礼を言って湯札を下げていた所を見ると、「湯札　一枚八文（二百円）」と言う紙を貼っていた。

「湯から上がったら、またここに来るがいい。髪結いに声をかけてやる」

いい湯だった。温泉に入るのは、いつ以来かな、と考えた。子どものころ、親父の安吉に連れられて来たような気がしたが、思い出せなかった。

木助屋に戻り、礼を言うと、すぐに隣の髪結い床に連れて行ってくれた。

入ってすぐ、安兵衛は驚いた。髪結いは、きのう五助たちと噂した辰だった。

髪を洗い、月代を剃ってもらいながら、やはりお辰さんだ、と思った。剃刀を使う手際よさ、頭に触れる指の柔らかい感じが辰と同じと思ったのだ。

「お辰さん、ですよね」

後ろにいる髪結いは、剃刀を使う手を休めずに聞き返した。

「お前さん、ご城下から来たのかい」

「へい」

「木助屋に店番を頼まれることがあるけど、ご城下から来た人から、お辰さんか、と聞かれたことがあったよ。そのたびに、わたしは松と言う名だよ、と答えていた。お辰さんじゃないよ」

「そうですか。顔がそっくりなうえに声もそっくり。背丈も同じくらい。あっしの頭に触れた指の感じがお辰さんと同じ温かさだったのでそう思ったんですよ」

安兵衛は振り返って月代剃りの表情を確かめたかったが、頭を剃っているのでそれもできない。

「世の中にはそっくりな人が三人いるって言うけど、わたしとお辰さんがそうなんだね」

「お松さん、年はいくつになるんで」

「年かい。もうじき三十になる婆さんだよ」

月代を剃り終わり、鋏を使って髷《まげ》の先を切りそろえた後、鬢付けで髷を整えた。

「そうですか。お辰さんも確か二十八、九なはずだ」

「へえ。ますますお辰さんの顔を拝んでみたくなったよ。はい、終わったよ。髷も少し直しておいたよ」

安兵衛は銭を払いながら髪結いの顔をしげしげ見たが、やはりお辰さんに間違いなかった。孕んでいるのか、腹の回りが太って見えた。それだけが違っていた。

木助屋に寄って確かめようと思って行ったが、店は閉まっていた。

四

霞露の城下に戻った安兵衛は、万屋に行った。

「確かに品を届けて来ました」

こう言って銭を渡した。

苦労かけたな、と労りながら覚右衛門が安兵衛の頭を見た。

「ずいぶんとさっぱりしているじゃないか」

「へい。木助屋さんに勧められて隣の髪結い床で剃ってもらいました。その女髪結いがお辰さんにそっくりなんでびっくりしましたよ」

「やっぱりな。あの女髪結いを見た者は、みんなそう言う。わしか。わしは髪善と商いの付き合いがあったが、髪善の髪結い床には行ったことがない。品物を届けるのは手代や丁稚だからな。だから、お辰に会ったことがなく、似ているとも似ていないとも言えないのさ」

「万屋さんは、髪善じゃなかったんですか」

「うむ。わしは別の髪結いに通っていたからな」

覚右衛門は、安兵衛が渡した銭の中から一分銀（二万五千円）を一枚取って、これは礼だ、と言って寄越した。

「有り難いですが、多いですよ」

「安さんのお陰で約束を守ることができた。万屋の信用を傷つけなかったのだから安いものだ。取っときな」

「へい、ありがとうございます」

礼を言ってから安兵衛は、道々考えて来たことを口にした。

「髪善のお辰さんと御山のお松さんは、同じ人だと思います。どんな訳が、どんな経緯《いきさつ》があったか、知りませんが、万屋さんは知っていたんでは……」

「さあな。わしは何も知らん」

気のせいか、万屋がたじろいだように思えた。

「そうですか……。そう言うことにしておきますが、気が向いたら教えてください。あっしは口が固いんで」

こう言って万屋の顔を覗き込んだが、表情に変わりなかった。

安兵衛は、何故か万屋が知らん振りしたように思った。

五

安兵衛が御山の髪結いで月代を剃って何日もしないうちにまた伸びてきた。
四、五日は、短く切った手拭いを二つ折りにして頭に載せ隠して客と会っていたが、七日も過ぎればさすがにみっともない。

商いの合い間を見て髪善に行った。

「ずいぶんとしばらくだねえ」

店を預かる品が笑みを浮かべて迎えた。

「月代を剃るだけでいいのかい」

「へい」

安兵衛が品の前に座ると、あれっ、と声を上げた。

「どうしたんで」

「安さん、どこでお辰と会ったんだい」

「えっ、どう言うことで——」

安兵衛には、品がどうしてお辰と会ったと言うのか分からずに聞いた。

「安さんの髷を見れば分かるよ。これはお辰の手の髷だ。間違いないよ」

そう言われて安兵衛は、万屋に頼まれて御山村に行き、お辰とよく似た髪結いと会った、と教えた。

「お松、と名乗ったのかい。お辰とよく似た名前だね。ますますもってお辰に間違いないね」

「やっぱりお辰さんで……」

「そうだ、と思う。でも、親方には言わないでおくれ」

訳を聞くと、剃刀を使いながら品が言った。

「男の焼き餅ほどみっともないものはないからねえ」

安兵衛は、はて、と首をひねった。

「髪善さんに黙っていることと、どう関わりがあるんで」

「訳は後から話すけど、お辰の居どころを教えると、親方が乗り込んでお辰の腕を折ってしまいそうな気がするんだよ」

「物騒な話ですね」

「そう。それほどひどい焼き餅だよ。……三年ほど前からになるかねえ。お辰に結ってほしいと言う女客が一人、二人出てきたのさ。だんだん数が増えてきた。そう、お辰が腕を上げたのさ。同じ腕なら男よりも女心の分かる女に結ってほしいだろう。それまで親方に結ってもらっていたお客が丁場回りに行って親方がいないときに来てお辰に頼むようになったのさ」

「………」

「気づいた親方がお辰をいびり始めた。『誰のお陰で髪結いになれたと思うんだ。まだ入り口に立ったばかりなのに大きな顔をするんじゃねえ』などと聞くに堪えないことをまくし立ててさ」

「それに嫌気が差して雲隠れしたんだ」

「恩義を感じていたと思うけど、ああまで言われるとねえ」

「そもそも、どんな経緯からお辰さん、髪善さんの許に来たんで」

「お辰はわたしの姪だよ。わたしが連れて来たんだよ」

「えっ」

驚いた安兵衛が思わず振り向こうとして、動かないで、と叱られた。

「びっくりするのも無理はないね。誰にも言ったことがないから」

「姪ですか。年が近いんでは……」

「六つ違いだよ。わたしは九人兄妹の末っ子。お辰は一番上の兄の子さ。わたしは口減らしのために髪善に奉公に出され、飯炊きや洗濯仕事をしていた。手が空いたときに月代を剃るのを見ていたら親方に、やってみるか、と言われた。筋がよかったのか、飯炊きよりも月代剃りが仕事になった。お客の心付けもあって銭も入るようになった。そのうち親方に勧められて髪結い仕事も覚えた。そのころには髪善の評判も高くなってね、職人の数も増え始めたのさ。だけど、女月代剃りは一人前になったころに嫁に行って辞めてしまう。だから、いつも人手が足りなかった。そこでわたしが親方に相談してお辰を呼び寄せたのさ」

「髪善さんは若いころから腕がよかったんですね」

「さあ、どうかねえ。ご城下に髪結いが少なかったことが幸いしたんだよ。親方、口がうまいからね。客の機嫌を取るのがうまかった。いつの間にか腕のいい髪結いと言うことになった」

「でも、江戸にまで行って流行りの髪形を覚えて来たと聞いたことがありますぜ」

安兵衛は以前耳にした噂話を口にした。

「ふふふ……。そこが親方のうまいところさ。江戸には行っていないよ。盛岡だよ、盛岡。盛岡に行って流行りの髪形を覚えて来たのは確かだよ。島田はもちろん、島田崩しに高島田、銀杏返し。それに近ごろ流行り出した丸髷。それを、さも江戸にまで行って来たように言い触らしてね」

「へえ。さっき、お辰さんを呼び寄せたと言いましたが、お辰さんは月代剃りで奉公を始めたんですか」

「そう。お辰は剃刀の使い方がうまくてね、すぐに傷一つつけることなく月代を剃るようになった。びっくりした親方が髪結いを教えたら、これもすぐに覚えた。何年もしないうちに親方を超えた、とわたしは思ったね」

そんな話をしているところに、丁場回りに行っていた二人の弟子と一人の下職が帰って来た。

「あれっ、どうしたんだい、いまごろ帰るなんて」

弟子と下職は、もじもじしている。年嵩の下職が意を決したように半歩前に進み出て言った。

「親方は大畑村の一杯飲み屋の女将に首ったけになってしまったんです。『親方、次の村に行きましょう』と言えば、『お前たちだけで行け』と言うありさま。埒が明かないと思ってきのう、『一緒に帰りましょう』と言ったんですが、『わしはここが気に入ったからここで髪結いを始める』と言って動かないんで、わしらだけで帰って来たんで」

「親方は昔から女癖が悪かったからね。で、どんな女だい」

「へい。これがまた、色気のある後家で……」

「色後家につかまったのか」

「もう、すっかりめろめろになって……。『松木町にはもう戻らない』と繰り返すんです。

きのうも弟子に『残ってもいいし、帰ってもいい、好きにしな。残ればわしが気が向いたときに教えてやる。帰ればお品が髪結いを教えてくれる』と言い、下職のあっしには『お前は帰れ。嬶と子どもが待っているんだろう』と言ったのです。そこで三人で相談して帰って来たんです」

「そうかい、分かったよ。まず三人とも湯に入ってさっぱりしておいで。今晩、弟子たちの身の振り方を相談しよう。そのとき、下職に手間賃を払うよ」

持ち帰った仕事道具を片付けると、弟子たちは銭湯に行った。

弟子や下職にあれこれ指図しながらも手を休めなかった品が言った。

「安さん、終わったよ」

銭を払ってから安兵衛が聞いた。

「髪善さん、そのうちに何ごともなかったような顔をして戻って来るんじゃないですか」

「さあ、どうかね。色後家に追い出されて帰って来ても、色後家につかまったまま帰って来なくとも、わたしはどっちでもいいよ。ただ、わたしが追い出されたら困るんだ。ここを出されたら住む所がないからね」

「追い出すなんて……。夫婦《めおと》なんでしょう」

「夫婦じゃないよ。手籠めにされたんだ。端から見たら夫婦みたいだろうが、わたしはただの奉公人。夫婦だったら、去り状を書いてほしいくらいだよ」

品はこう言って笑った。

安兵衛は手籠めにした男と切れてうれしくて笑ったのか、そんな男でも別れるのが寂しくて笑ったのか、分からなかった。


下職が言った通り髪善は、本当に城下に戻って来なかった。

品は弟子も取らず、人も使わずに仕事を続けた。

しばらくしてから安兵衛が月代を剃りに行ったとき、品が打ち明けた。

「親方がいなくなり、清々した毎日だよ。何とか飯も食っている。飯を食っていると、銭を稼げる手立てを教えてくれた親方に、ときどき礼を言いたくなる。ずっと帰って来なければ、もっと有り難いね」――。

品は乾いた笑い声を上げた。

六

四段重ねの木箱を背負った安兵衛は、大畑村の得意客に頼まれた品を届け、城下に戻る途中だった。田の稲は青々と育ち、半月もすれば稲刈りが始まりそうだ。

そんなことを考えながら歩いていると、ふと髪善のことを思い出した。

(どんな暮らしをしているか、覗いて見るか)

髪善もさることながら、色後家の顔を拝んでみたいと言う下心があったのだ。

田んぼにいた百姓に聞くと、すぐに場所が分かった。

飲み屋の入り口から声をかけると、開いている、入れ、と言う聞き覚えのある声が聞こえてきた。入ると、薄暗い中に髪善が一人いて酒を飲んでいた。

「ずいぶんと無沙汰をしておりました。安兵衛です」

挨拶して名乗ると、髪善が目を細めて言った。

「おお、そんな小間物屋がいたな。何の用だ」

髪善の頬がこけ、無精髭を生やしている。月代も伸び放題だ。溌剌《はつらつ》とした口八丁手八丁の髪結いの親方の姿は、どこにもない。

　年は確か四十になったはずだが、五十過ぎに見える。

「これと言った用はありません。大畑村を歩いていて、近くにあっしの髷を結ってくれた親方がいるはずだが、どうしているかな、とふと思ったんですよ」

「どうもこうもない。見ての通りだ」

「ずいぶんと痩せましたね」

「小間物屋、これは痩せたとは言わない。やつれた、と言うんだ」

　口八丁は変わらないようだな、と思い直してよく見ると、確かにやつれた感じだ。

「飯、ちゃんと食ってますか」

「飯は食っていないが、酒は毎日飲んでいる。飲んでは、ここの女房と寝ている。素《もと》と言う後家だ。床上手の素に唐瘡《とうがさ》（梅毒）をもらった。医師に診てもらったら、この命、そう長くないそうだ」

　よく見えないが、唇の辺りに瘡蓋《かさぶた》があるようだ。

「髪善の親方、髪結いの仕事はどうしたんで」

「こんなに人数（人口）が少なくて貧しい村に、髪結いに来る者はそんなにいる訳がないだろう。ここの女房の髪を結って酒を飲ませてもらっているのさ。分かったか。分かったら帰れ」

「へい、そう言うなら帰ります。親方、飲み過ぎないように」

安兵衛が帰ろうとしたとき、女が出て来た。

「お前さん、客かい」

「ああ、ご城下の小間物の担ぎ屋だ」

「ご城下の小間物屋か。何か、面白い物を商っているかい」

こう言ってから安兵衛をしげしげ見た。

「おや、若い、いい男じゃないか。ちょっと食ってみたいねえ」

崩れた感じの女だ。四十前のようだが、青白い顔にも肌にも張りがない。

(荒淫の果てか)

こう思って顔をよく見ると、やはり唇に瘡蓋があるようだ。

髪善は、女将の方を振り向きもせずに聞いた。

「小間物屋、万屋に会うことがあるか」

「へい、ありますよ」

「わしが生きているうちに一度顔を出してくれ、と伝えてくれ」

「へい。伝えます」

「何だい、帰るのかい。いいことをしようと思っていたのに。おほほほ」

女将は甲高い声で笑った。


安兵衛が月代剃りに行ったとき、品に大畑村で髪善に会ったと話した。

酒浸りになっていた、やつれていた、と教えたが、品は黙って聞いていた。だが、後家が切り盛りする一杯飲み屋の客が急に減ったそうだ、と話すと、何でだい、と聞き返した。

「髪善さんは五日ごとに後家の髪を洗い、鬢付け油をたっぷり使って髪を整えているそうだ。その鬢付けの匂いが強くて飲み屋の客は、何を食ってもまずいと言って途中で帰るんだそうだ」

「安さん、それが焼き餅の元だよ」

品は笑って続けた。

「親方は鬢付けをたっぷり使って髪の形を作るんだ。と言うよりも、たっぷりの鬢付けを使わないと形を作れない。それに比べ、お辰は少ない鬢付けできれいに作る。どう言う訳か、あまり形崩れがしないのよ。親方はその腕に焼き餅を焼いたんだ」

「お辰さん、すごいですね」

「うん。お辰は髪結いになるために生まれてきたような娘《こ》だよ」

安兵衛の後ろにいる品の顔が見えなかったが、安兵衛には品がうれしげに目を細めたと思った。

七

年が改まり、寛政三（一七九一）年となった。

長かった冬も終わり、梅が咲いたよ、桜が咲いたよ、と弾んだ声が聞こえてくる。

棒手振りや担ぎ屋の動きも活発になる季節だ。

安兵衛が小間物の仕入れに万屋に行くと、主の覚右衛門が近づいて来た。

「待っていたよ。使いを出そうか、と思っていたところだ」

「旦那さんがあっしに用があるとは、珍しいですね」

「去年、安さんに売った花巻人形の鯛抱き童子、売れずに残っているかね」

「へい、ありますが……」

首をひねって答えた。

「よかった。わしに売ってくれ。何、わしが安さんに売った卸値でなくていい。安さんがつけた値で買う」

「しかし……」

「構わん。その替わりと言っては何だが、御山村まで持って行ってほしい」

花巻人形は重い土人形だが、頼まれたのは一つだけだ。それに、安兵衛は大柄な体のうえに若いから苦にならない仕事だ。

「いいですよ。いつですか」

「あさってはどうだ。あさっては大安だ」

「で、届け先は」

「合切屋だ」

「木助屋さんですか。分かりました」

「わしも一緒に行く。道々、安さんに話しもあるからな」

「髪善さんのことですね」

「うむ、それもある」

覚右衛門はこう言うと手代を呼んだ。

「安兵衛さんがいろいろほしいそうだ。聞いておくれ」


翌々日、安兵衛は万屋と連れ立って御山村に向かった。

何が入っているか分からないが、万屋は長四角の形をした布包みを背負っている。

城下を出て三本木原を歩いているとき、覚右衛門が聞いた。

「安さん、わしが髪善に会ったときのことを知りたいんじゃないか」

「へい。でも、二人だけの話があったんでしょうから……」

「何も隠し立てするようなことはないよ。安さんから言伝《ことづて》を聞いた二、三日後に大畑村に行って来たんだ」

こう前置きをして覚右衛門は、髪善と会ったときの話を始めた。

※

「万屋さん、わざわざ来てもらって済まない。本来はわしがご城下に行ってやらなければならない用件だが、この通り体が言うことを効かないので万屋さんに替わってもらいたいんだ」

「髪善とは長い付き合いだ。面倒な用件でなければ引き受ける」

「有り難い。何、面倒な話じゃない。髪結いの株を買うとき、銭が足りなくて借りたんだ。まだ払いが少し残っている。二両（二十万円）に少し欠ける額だ。ご城下の、あの金貸しのところに行って払って来てほしい。ここに二両を用意してある。もしも足りなかったら、わしへの香典だと思って払ってくれ」

「分かった」

「その替わりと言っては何だが、わしが死んだら、借りた香典分としてここに置いてある剃刀や櫛などの髪結い道具を全部持って行ってくれ」

「分かった」

「髪善は借金を払わずに死んだ、と言われたくないからな」

「用件はそれだけか」

「もう一つある」

「株を買ったとき、証としてもらった看板を組合に返してほしい」

「女房のように暮らしていたお品か弟子のお辰に譲ったらどうだ。お品ぐらい髪善に尽くした女はいないだろう」

「お品は髪結いとしては、まあまあの腕だったな。髪結いと床の技を教えてやったんだから、それでいいだろう」

「髪善、お前は本当に勝手な奴だな。では、お辰はどうだ」

「お辰か……。わしが教え始めて一年も経たないうちに、こいつはすごい女だ、と内心舌を巻いた。早く潰さないと、わしが食われる、と背筋が寒くなった。だから、未熟な腕の奴には何も教えない、と突き放したんだ。ところが、わしの仕事を見て覚えてしまった……」

「それほどいい腕だったら、お辰に譲ればいいではないか」

「駄目だ」

「どうしてもか」

「どうしてもだ」

「訳は」

「訳などない。お品もお辰も株がほしかったら、自分で組合に行って頼むんだな」

「そうか、分かった。お辰に追い抜かれたことを認めたくないのだな」

「何とでも言え」

※

どこからか鶯の鳴き声が聞こえてきた。

よく晴れていた。ずっと歩き続けていたせいか安兵衛の体が少し汗ばんできた。

「と、まあ、取り付く島もなかったな。あれじゃ、男の焼き餅と言われてもしようがないな」

「その後、髪善さんに会いましたか」

「いや。わしが会って一月《ひとつき》もしないうちに死んだ。後家の首を絞めて殺した後、髪善も首を吊った」

「えっ。初めて聞きました」

「安さんが知らないのは当たり前だ。大畑村の名主の指図で夜中に二人の棺桶を寺に運んで埋めたと言う話だ。唐瘡を苦にして心中したことが広まれば、大畑村の評判が落ちるから固く口止めしたそうだ」

三本木原の真ん中にある大きな岩が見えてきた。

「安さん、あそこで少し休むか」

「へい」

二人は腰にぶら下げた竹筒の水を飲んだ。

すうっ、と通り抜けた春風が汗ばんだ体に気持ちがいい。

万屋は腰に下げた煙草入れを取り出し、一服つけた。

「実はな。髪善が死んだと聞いたとき、わしは看板を組合にまだ返していなかった。そもそも返す気がなかったのだ。髪善は看板をお品に渡そうか、お辰に譲ろうか、と悩んでいたからどっちにも渡さないと言ったのだろう。そう考えて、わしがもらうことにしたのさ」

吸い終わって火皿に残った吸い殻をぷっと飛ばすと、さあ、行くか、と腰を上げた。

万屋は歩きながら昔話を始めた。

「わしは小さいころ、父親やお店の者と御山の湯に湯治に来たことがある。霞露と違う土地に来たんで、すっかりはしゃいでいたんだな。外に出て一人で遊んでいたとき、ふいに足に痛みが走ったんだ。見ると、蛇に噛まれていたんだ。痛いのと蛇にびっくりしたのが合わさって大きな泣き声を上げた。そこにたまたま見知らぬ大人が通りかかった。その人が駆け寄って口を当てて蛇の毒を吸い出してくれた。お陰でわしは死なずに済んだ。わしは六つだった。四十年も前の話だ」

「蝮《まむし》ですか」

「そう、蝮だった。その人は御山村の竹細工職人の丙助さんだった」

「竹細工ですか」

「うむ。丙助さんは細工に使う篠竹《しのたけ》を採りに行く途中だった。倅を助けてもらった礼にわしの親父が『竹細工を買い取る』と申し出たそうだ。すると、丙助さんは『御山は御山寺の参拝客や御山の湯の湯治客が多い。この客を相手に土産物屋を開きたい。品物の仕入れ方、売り方などを教えてほしい』と言ったそうだ。これはわしの親父のお手の物だ。二つ返事で引き受け、品を安く卸して商いの仕方も教えたのさ」

「へえ、そう言うご縁だったんですか」

「木助屋と名乗って商いに打ち込んだ。客の評判もよく、商いも繁盛した。息子が産まれたとき、自分の名を息子に付けて自分は丙左衛門と改名した。いずれ丙助さんが継ぐだろうがね」

「縁を大事にし、客を大事にしたお陰で繫盛したんですね」

「そうだ。だが、木助屋に手を差し伸べたのはわしの親父だ。命を助けてもらったわしは、まだ何の恩返しもしていない。小さかったからな。だから、いつか恩返しを、と思って生きてきた」

（万屋さんらしいな）

こう思って安兵衛は、うん、うん、とうなずいた。

「その二代目に相談を持ち掛けられたんだ。二年前のことだ」

「二年前――。二年前と言えば、お辰さんが雲隠れしただの、神隠しに遭っただの、と言う年じゃないですか」

「ほう、安さん、ずいぶんといい勘をしているな」

「えっ、旦那さんが関わっていたんですか」

「安さん、いつだったか、『旦那さん、何か知っているんでしょう』と言っていたじゃないか。あのときは、ばれた、と思ったほどだ。二年前、二代目が相談があると言って訪ねて来た。話を聞くと、『髪善のお辰に惚れた。一緒になりたい』と言う。『ご城下に来たとき、月代を剃ってもらいにたまたま入った髪善にいたお辰に一目惚れした』と打ち明けたんだ。そこで一肌脱ぐことにしたんだ。恩返しになる、と思ってな」

万屋は話を続けた。

「わしから髪善に話してみる。否、とは言うまい」

「それは困ります。お辰は髪善に言い寄られ、夜が怖くておちおち眠れない、とおびえているのです。話しをすれば手籠めにされるに決まっています」

「ちょっと考えさせてくれ」

わしはない知恵を絞って一計を案じた。髪善が丁場回りに行っている朝、人をやってお品を外に連れ出し、その隙にお辰の箱膳の飯椀、汁椀に飯や味噌汁を半分ぐらい盛って、いかにも朝飯の途中のように見せかける。その間に人目につかないように御山に駆け込む——。

※

「この策に丙助さんもお辰も乗ったのさ。お品には悪かったが、何も教えなかった。お品が慌てふためくと、神隠しでも雲隠れでも本当らしくなるからな。お品はあちこち駆けずり回ってお辰を探した。御山にいる。と喉元まで出かかったが、二人のためと思って飲み込んだ。髪善が死んだいま、隠し立てする必要はなくなったがね」

三本木原を抜け、御山村が見えてきた。

御山寺の山門をくぐり、本尊を拝んでから木助屋に向かった。

木助屋の近くまで来たとき、赤ん坊の大きな泣き声が聞こえてきた。

「ほう、やっぱり男童《おとこわらす》の泣き声は元気だな」

万屋は、独り言なのか、安兵衛に語りかけたのか、分からない口調で言った。

顔を覗き見ると、初孫に会いに来た爺《じじい》のような顔になっている。

（そうか、この鯛抱き童子は木助屋へのお祝いか）

合切屋に入ると、湯札を買い求めに来た数人の湯治客がいた。客の相手をしていた丙助は、
万屋と気づくと笑みを見せて会釈した。

安兵衛と万屋が三度笠を脱いでいると、湯札を手にした客はすぐに出て行った。

客を送り出した丙助は、万屋に深々と頭を下げた後、お松ー、と女房を呼んだ。

赤ん坊を抱いて出て来た松は、万屋を見ると、うれしそうに近寄って赤ん坊を差し出した。

「抱いていいのか」

万屋は遠慮がちに聞いた。

「もちろんですとも。この子の爺様ですから」

「そうか」

こう言って万屋は、着物の胸元や両袖を手で払った後、両手を出した。

安兵衛には、こわごわ赤ん坊を抱く万屋の目が潤んでいたように見えた。

万屋が赤ん坊を返すと、丙助に案内されて中に入った。


茶を出しながら、松が万屋に聞いた。

「お品叔母さんは、どうしていますか」

「髪善はああなったけど、気丈夫に頑張っている」

「そうですか。よかった。毎日気にかけているんです」

「髪善が死んだと聞いて間もなく、訪ねて行って、お辰さんのことを話してきた。隠していて申し訳なかった、と詫びたよ。すると、お品さんはこう言った。『お辰は何も言ってこないけど、便りのないのは無事の証、と言うじゃないですか。好いた男《ひと》と穏やかに暮らしていれば、わたしもうれしいですよ』と涙を浮かべて、ね」

「申し訳ありません、と詫びなければならないのは、手前の方です。万屋さんではありません。この子がもう少し大きくなったら、顔を見せながらお詫びに行くつもりです」

「そうしておくれ。お品さん、どんなに喜ぶことか。ああ、そうそう、お辰さん、これを受け取っておくれ」

万屋は脇に置いていた布包みを差し出した。

「何ですか」

松は万屋と亭主の顔を交互に見て、包みを開けていいものか迷っているようだった。

「お品さんの許を訪ねたときに、これからの身の振り方を聞いたんだ。髪結いの株を持って弟子を取るつもりないか、とね。『いまの髪結いや月代剃りの仕事で自分一人の口を過ごすことができます。弟子を持つと、気苦労も増えそう。気楽な暮らしのいまのままでいいですよ』と断られた。本当に大丈夫か、と念を押したら、少し考えてから『はい、それでは頂戴します』と言ったんだ。よかった、と思ったら、すぐに返して寄越した。『万屋さん、確かに有り難くいただきました。わたしがいただいた株を御山にいるお辰に譲りたいと思います。御山に行った折りに届けてくれませんか』と言ってね。わしの顔を潰さないように気を配り、かわいい姪の先行きも考えての答えにわしは感じ入った」

そう明かされた松は、涙を流しながら包みを取って開けてみた。髪結い株の証の看板が入っていた。

「お松、いただきなさい。すぐにこの看板を掲げますよ」

「お前さん……」

「看板さえ掲げていれば、こそこそ客を取らなくて済む。弟子は子どもに手がかからなくなってから取るがいい」

「丙助さん、看板掛けは後回しにしておくれ。もう一つ、祝いの品があるんだ。安さん」

へい、と答えて安兵衛は、鯛抱き童子を出した。

「花巻人形の逸品です。この童子のように健やかに育ちますように」

「まあ、きれい」

涙を拭きながら辰は、うれしそうに声を上げた。

南部藩の花巻で作られている花巻人形は、享保年間（一七一六――一七三五年）に太田善四郎が始めたと言われる。

安兵衛が取り出したのは、高さ七寸ほどの色鮮やかな人形だった。

金色の烏帽子を被り、青い腹掛けをした童子が自分の顔よりも大きな赤い鯛を抱えて座っている。疫病除けの願いが込められている。

「万屋さん、ありがとうございます。大事にします。そうだ、お店に飾って客にも見せようか」

「お店に飾ったら、客がほしがるじゃないか」

丙助が言った。

「それは困りますが、困らないように安兵衛さん、花巻人形を十ほど持って来てくれませんか。きっと売れますよ」

「おやすいご用で」

「お願いしますね」

人形を頼んだ後、あっ、忘れていた、と辰は威儀を正し、安兵衛に向かって両手をついた。

「安兵衛さん、いつぞやは、お辰ではない、お松だ、などと嘘を言って申し訳ありませんでした。この通りお詫びします」

「手を上げてください。何か訳があるだろうと思っていました。気にしないで。で、どっちの名を呼べばいいんで」

「辰の名は霞露のご城下に置いてきました。ここに来たときから松となりました。ですから、松、と……」

「へい、分かりました」

安兵衛と松のやりとりを丙助が引き取って言った。

「万屋さん、安兵衛さん。今晩、御山に泊まって行くでしょう」

丙助が聞くと、二人はうなずいた。

「湯に入って来てください。ゆっくり酒を飲みましょう」

「安さん、そうしようか」

「へい。湯から上がったら、お松さんに月代を剃ってもらいますか」

「看板を掲げた初仕事だな」

「そうですね」

「安さん、初仕事なんだから祝儀を弾むんだぞ」

万屋が念を押した。

「財布と相談してみます」

大きな笑いが弾けた——。

香の一夜語り

一

小間物屋安兵衛は、香に頼まれていた白粉《おしろい》を届けるために桜坂の家に向かっていた。梅雨にはまだ間があるのか、顔に当たる風もさわやかだ。

背中には、いつものように四段重ねの木箱がある。

以前は木箱を背負って両手を空けていたが、近ごろは五尺棒を持ち歩いている。棒術の師匠の油売りの伊助に、ちょっと暇ができたときに稽古できるように常に棒を持って歩け、と言われたからだ。初めは邪魔だと思っていたが、杖の替わりにもなり、すっかり慣れた。

歩きながら、香のことを考えていた。

安兵衛は、いつか香と所帯を持ちたい、と口にしたことがある。そのとき、香は、わたしはもう二十七の大年増よ、と言って笑った。五歳年下の安兵衛は、年はどうでもいいと思っていた。いまでも考えは変わらない。

そんな安兵衛の気持ちを知っている香は、大旦那様をお見送りしたら一緒になろう、と言ってくれる。その後、必ずこう言って笑うのだ。「そのとき、わたし、お婆さんになっているよ」と。

香は古着屋『市古堂』の大旦那の世話になっている。どんな訳があって囲い者になったか知らない。だが、安兵衛が香と早く所帯を持ちたいと願うことは、大旦那に早くこの世を去ってほしいと願うことになる。安兵衛自身、日ごろ大旦那に世話になっていることもあって、そんなことを望む訳にいかない。

そう思いながらも、つい大旦那の年を考えてしまう。六十二、三に見えるが、もう少し若いかもしれない。お見送りはまだまだ先のことだ、こっそり姐さんと会うよりないな、と思い直す。

しばらく香の顔を見ていなかったので桜坂に向かう安兵衛の足がおのずと速くなっていた。

裏木戸を開けた途端に香の甲高い声が聞こえて来た。

「何をするのじゃ」

「何って、決まっているじゃねえか。年寄りの大旦那よりも手前の方がいいぜ」

安兵衛が急いで家に入ろうとしたとき、どすん、と言う大きな音が聞こえた。

(居間の方から聞こえたな)

そう思って居間に面している庭に回って見ると、若い男が転がっていた。男は片腕を押さえて、痛え、痛え、と呻いている。居間に目をやると、香が縁側に立って男を見下ろしていた。息も切らしていない。

転がっている男に見覚えがあった。確か、市古堂の大旦那について来る手代だ。

「姐さん、何があったんで」

「ああ、この手代がわたしを手籠めにしようとしたんだよ」

「何だとー。よりによって大旦那さんが大事にしているお香姐さんを手籠めにするだと」

「違う。この女が誘ったのだ」

「何を言いやがる。お前の科白、ちゃんと聞いていたぜ」

「ちっ」

「確か卯平とか言う名前だったな」

「うるせえ野郎だな。覚えていやがれ」

卯平は捨て台詞を吐き、安兵衛の脇をすり抜けて逃げて行った。

「姐さん、とんだ災難でしたね。けがはありませんか」

「大丈夫よ。濯《すす》ぎ、持って来るから足を洗って家《なか》にお入り」

「いいえ、自分でやりますよ。井戸、借りますよ」

足を洗って台所に行くと、香は茶を出した。

いつも白湯を出す寅の姿が見えない。

「お寅さん、どうしました。お使いですか」

寅は香の身の回りの世話をしている婆さんだ。

「おとといから御山《ござん》に湯治に行っているよ。この間、大旦那様が来たとき、腰が痛いから湯治に行きたい、とお願いして十日のお暇をもらったの」

城下の北にある御山村は、古刹の御山寺と温泉で知られる。温泉は、春は田植え、秋は稲刈りを終えて疲れを癒す百姓でにぎわう。夏も冬も武家の妻女や町人、寅のように病の治療に訪れる湯治客が絶えない。

「卯平はお寅さんがいないのを知っていたんだ」

頼まれていた白粉を香の前に置いた。

「そう、お寅さんがお願いしたときも大旦那様のお供をして来ていた。さっき卯平は、大旦那さんが旦那さんの代わりに南部藩の城下盛岡に仕入れに行った、と言っていた」

香が言った旦那さんは、いまの市古堂の主のことだ。

「そればかりか姐さんの寺子屋が休みと言うことも知っていたんだな。端《はな》から姐さんを狙って来たんだ」

香は市古堂の許しを得て寺子屋を開いていた。休みは四と九のつく日だ。

「そのようね」

香は眉をひそめた。

「卯平は何歳になるのかなあ」

「兎《うさぎ》年の生まれだから卯平と名をつけられた、って以前に聞いたの」

「おれの二つ下か。二十歳にもなったら、事の善し悪しをわきまえていそうなもんですがねえ。卯平は、この後、どう出るか……」

最後の言葉は独り言のようになったが、香は、さあ、と首をひねった。

「平謝りに謝って、大旦那さんには内証にしておくれ、と頼み込むと思っていたけど、捨て台詞を吐いて行きましたからね」

こう安兵衛が言ったのは、香が一人でいるときの仕返しを恐れたのだ。

「あの程度の腕なら一人や二人、別にどうってことはないけど……」

けろりと言ってのけた香に安兵衛は、びっくりした。

「でもさ、何人かの男に押しかけられると、敵《かな》わないから今晩、泊まっておくれ」

「それは構いません。卯平はまた来ますね」

(卯平は姐さんを力でねじ伏せようと、何日も前から考えていたに違いあるまい。必ず来るな。半刻後なのか、一刻後なのか)

「そうね。丁稚や手代がお暇をもらうのは、たった一日でも大変だからね」

「見ていなかったんですが、姐さん、卯平を投げ飛ばしたんですか」

「向こうが勝手に転げ落ちたんだよ」

「まさか。いつ、どこで覚えたんで」

「…………」

何故か香の顔が寂しげに見えた。

「お茶、もう一杯、どうだい」

いただきます、とうなずいたとき、表の戸を乱暴に開ける音が聞こえた。

「ずいぶん、早いお出ましだな」

安兵衛は素早く草鞋を履き、五尺棒を手に取った。

「おい、どこにいる。いい思いをさせようと思って来てやったぞ」

卯平の声だ。

「早く観音様を拝みたいぜ」

「早く出て来い」

卯平は仲間を二人引き連れて来たようだ。

安兵衛が勝手口から出て玄関に回ると、男が三人立っていた。刀替わりなのか手に四尺ほどの棒を持っている。懐から匕首《あいくち》が覗いている。

安兵衛が声をかけた。

「姐さんは、お前たちに用がない、と言っている。さっさと帰んな」

「小間物屋、まだいたのか。そっちに用がなくとも、こっちに用があるんだ」

三人とも目をぎらつかせている。盛りのついた野良犬だな、と思ったら、安兵衛の口許が緩んだ。

「何がおかしい。おい、こいつを叩きのめせ」

「できますか」

安兵衛は五尺棒を卯平に向けて構えた。

卯平の顔が強張り、半歩下がった。

「やっちまえ」

卯平の声に背が高い方の男が前に出て力任せに棒を振り下ろした。勢い余って地面に当たり、がつん、と音を立てた。安兵衛の棒を叩き落とすのが狙いのようだ。三度、四度と続けて振り下ろした。

この間に卯平が安兵衛の右手に、もう一人の小太りの男が左手に回り込んだ。

三人の男が安兵衛の五尺棒を叩き落とそうと、しゃにむに棒を振るったが、安兵衛は巧みに弾き返した。

埒が明かないと見たのか、卯平が二人に同時に打ち込むように指図した。卯平の声に合わせて三方から同時に振り下ろして来た。何度目かに打ち込まれたとき、手がしびれて五尺棒を取り落とした。

(しまった――)

落とした棒を拾おうと前かがみになったとき、卯平に右肩を思い切り叩かれた。

安兵衛は三人の攻めをかわしながら五尺棒を拾い上げる隙を狙っていたが、がんがん攻め立てられ、じりじり下がった。棒が二尺、三尺と遠くなって行く。

(どうすればいい……。ええい、ままよ)

三、四発、叩かれるのを覚悟して拾いに行こうとしたとき、背中に香の気配を感じた。

卯平たちが顔色を変えて半歩下がった。

(姐さんが何かしたのか)

卯平たちの動きから目を離さずに安兵衛が半歩前に出たとき、香の声が聞こえた。

「安さん、これ」

振り向くと、薙刀《なぎなた》を手にした香がそばに寄り、安兵衛に薙刀を渡した。

「これは助かった」

安兵衛が薙刀を構えると、三人の男はじりじり下がった。

すぐに安兵衛は五尺棒を拾い上げた。

「姐さん、これは返すぜ」

薙刀を振るって男たちに大けがをさせたら大ごとになるが、棒の打ち身なら騒ぎになるまい、と考えたのだ。だが、男たちは、得物が棒なら何とかなる、と思ったようだ。

「さっきのように棒を叩き落してやるぞ」

卯平が二人を励まし、棒をがつがつ振り下ろして攻め立てた。

だが、安兵衛は荒々しい攻めをかわして右手にいる卯平と向き合い、卯平の棒を絡め取るように撥《は》ね上げた。

このとき、一瞬の間ができた。この隙を突いて正面の背の高い男が安兵衛の左肩をめがけて棒を打ち込んで来た。安兵衛は正面を向いた。この男の棒を五尺棒で受け流したとき、目の端に卯平が懐から匕首を抜くのが映った。同時に香の声が聞こえた。

「安さん、危ない」

安兵衛は素早く反転し、突っ込んで来た卯平の右手の甲を叩いた。

「ぎゃー」

卯平は大声を上げて匕首を落とした。

安兵衛は返す棒で正面の男の喉を軽く突いた。男はうめき声を上げてへたり込んだ。

残るは一人、と左手の男を見据えたとき、小太りの男は棒を放り投げて両手を地面についた。

「どうか、お助けを」

「匕首も出しな」

「へ、へい」

匕首を鞘におさめて懐に入れた安兵衛は、卯平の前に立った。

「卯平、だったな」

「へい」

「大丈夫、骨は折れていないはずだ。手加減したからな。だが、腫れが引くまでに十日はかかるだろう。しばらく箸を持つのも難儀だろうな」

「…………」

「今後、お香姐さんに二度と手出しをしない、と約束すれば、お店には内証にしてやるが、どうだ」

「へ、へい」

「さて、そっちの二人。名前と住まいを教えてくれ」

もぞもぞしながら、背が高い方は竹三、小太りの方は草太と名乗った。二人とも青物町の長屋に住んでいた。

青物町は桜坂から六、七町と近い。卯平が素早く引き返して来たのが分かった。

ひょっとして、と思って安兵衛が卯平に聞いた。

「卯平、お前も青物町で育ったのか」

「へい」

「そうか、餓鬼のころから三人つるんで遊んでいた仲だな」

図星だった。

「竹三、草太。仕事は何をしているんだ」

「畑仕事の手伝いを……。きょうは早く終わったんで、暇だな、と莨《たばこ》をのんでいたところに卯平が来て、いい思いさせるからついて来い、と言ったんでさ」

竹三が上目使いに答えた。

「そうか。だったら、手加減せずに卯平の手を叩くんだったな」

安兵衛が五尺棒を胸の前に引き寄せると、卯平は、勘弁を、何度も頭を下げた。

「卯平、ふしだらなことを考えずに奉公に励むんだぞ。竹三に草太。名前と住まいを聞いたのは、しばらくの間、お前らの様子を見るためだ。あっしは担ぎ商いをしている。ご城下の隅から隅まで歩いている担ぎ屋や棒手振りは、みんな仲間だ。その仲間に、お前らを見張ってもらう。おとなしくしていたら、すぐに見張りをやめる。言って置くが、仲間のみんなは腕達者だ。変なことを考えるんじゃねえぞ」

「へい」

「姐さん、帰してもいいですか」

「安さんの好きにしなさいよ」

三人の男たちは、すまねえ、有り難い、と香に何度も頭を下げ、走って出て行った。

「安さん、いつ、そんなに腕を上げたの」

「毎朝、油売りの親父さんに稽古をつけてもらっていたんで」

「そう言えば、毎朝、天和池に行って稽古している、って話していたねえ」

「それよりも姐さん、薙刀をどこに置いていたんで」

「あれ、知らなかったのかい」

うなずくと、香が続けた。

「居間の長押《なげし》に掛けていたんだよ」

「居間の長押ですか。気がつかなかったな」

居間は縁側を挟んで庭に面している。

「安さんが居間に入るのは、いつも日が暮れてからだから長押まで見ていないと思うよ」

「確かに」

こう答えながら、縁側にいつも踏み台を置いているのを思い出した。

（あの踏み台を使って素早く薙刀を取ったのか）

「薙刀、長押に掛けますか」

「うん、頼むね」

背の高い安兵衛は、踏み台を使わずに薙刀を掛けた。

「ありがとう。夕方に来てくれるかい」

「へい。お得意さんが待っているんで商いに行って来ますよ」

「お酒を買って待っているよ」

安兵衛は台所に戻って木箱を担ぎ上げた。

二

夕方、次郎兵衛長屋に戻った安兵衛は、小間物が入った木箱を置いてから近くの一膳飯屋『もりよし』に行った。よほどのことがない限り朝夕の飯をここで食っている。今晩は食わない、と断ってから、焼き魚と煮物を分けてくれ、と頼んだ。

「安さん、どうしたんだ。二人分も頼んで。誰と食うんだ」

世話焼きの女将がしつこく聞く。

「誰って、友だちのところに行って酒盛りをするんだよ」

「ほんとかい。誰か、いい女《ひと》でもできたのかい」

「そんなに、もてやしないよ」

「怪しいな。顔が赤くなっている」

「おい、いい加減にしな。安さんだって、いろんな付き合いがあるんだ」

主の盛吉が助け舟を出した。

「そうですよ、女将さん」

「はいよ、お待ちどおさん。この桶、返すのはいつでもいいぜ」

安兵衛は礼を言ってもりよしを出た。


安兵衛は、いつものように裏木戸から入って勝手口で声をかけた。

「濯ぎの水を用意して置いたから足を洗って上がっておいで。心張棒をかけて来ておくれ」

香の大きな声が聞こえた。どうやら居間にいるようだ。

心張棒をかけ、足を洗って居間に入った。まだ日が暮れていないが、早々と縁側の雨戸を閉めたため部屋の中が薄暗い。真ん中に酒や肴が載った膳が二膳ある。だが、香の姿が見えない。

「姐さん、どこですか」

「ここだよ」

隣の寝間から香の声がした。

「入っておいで」

襖を開けると、蚊帳の中で着物を脱いでいる香の裸身がほの白く見えた。

「何をしているの。早く入っておいで」

慎ましい姐さんにしては珍しいな、と思って蚊帳に入った。

「遅かったじゃないか」

香は安兵衛の着物を脱がせた。


「こうして安さんとお酒を飲むのは、久しぶりだねえ」

香は安兵衛に酌をし、自分の盃にも注いだ。

安兵衛は盃を口許に運んだ。うまい酒だ。

「うまい」

「これは、諸白《もろはく》『霞乃露』だよ」

諸白は上質の透き通った酒だ。安兵衛がいつも飲んでいる濁り酒や中汲みと違って値も張る。中汲みは濁り酒の上澄みと沈殿《よどみ》の中間を汲み取った酒だ。霞乃露は霞露の造り酒屋が造った諸白だ。

燭台の蝋燭がじりじりと音を立てているほかに何の音もしない。ごくっ、と安兵衛が酒を飲む音がやたら大きく聞こえる。

二人とも木綿の単物《ひとえもの》を着ているだけだ。胡坐をかいた安兵衛の股間から逸物がのぞいている。香が酒を注ぐたびに豊かな胸乳が見える。

岩魚の塩焼きに箸を伸ばした安兵衛が聞いた。

「姐さん、見ていなかったけど、卯平を投げ飛ばしたのは姐さんだね」

「わたしが投げたんだよ。手代が勝手に転げ落ちた、と言ったのは嘘。自慢するような話じゃないからね」

「いつ、どこで覚えたんで」

「さあ、忘れたよ」

香は舐めるように霞乃露を飲んだ。

「投げる前に、姐さんの声が聞こえて来たけど、何と言ったか、覚えていますか」

「覚えていないよ」

「何をするのじゃ、と。あれはお武家の言葉――」

「安さんには隠し事ができないね……。父上は霞露藩に仕えていた」

「お侍で……」

「そう。名を月坂正右衛門《しょううえもん》と言いました」

香はぽつりぽつりと話し始めた。

「父上は花石郡の代官だった」

「代官だった、と言うと……」

「十年前に死にました」

「…………」

「兄上に、けっして口外してはならん、と固く口止めされていたけど、安さんだから教えます。父上は死ぬ十日前に長兄の正嗣郎《しょうしろう》を呼んで苦しい胸の内を語りました。父上の七七日の法要が済んだ後、正嗣郎が次兄の正次郎と母上とわたしの前でこう言ったのです」

――父上の最期の言葉を伝える。どのような悪口雑言を浴びようとも月坂家を存続させるために耐えよ。わしは三好田守道様に花石郡の物成（年貢）を六割として取り立てよ、と命じられた。霞露の物成は、藩侯の直轄地であれ、藩侯から与えられた知行地であれ、五割と決まっておる。それを密かに六割として命じたのは、私腹を肥やすためだ。できませぬ、と答えて翻意を促したが、聞く耳を持たなかった。お目付に訴え出ても三好田様に否定されれば、わしが責められるだけじゃ。三好田様を諫めるために腹を切れば、何故に切腹したのじゃ、と詮索されるのは必定。無念だが、腹を切らずに自害する。霞露に戻ったら、明日にでも、父月坂正右衛門は急な病に見舞われた、とお役御免と家督相続を願い出ろ。許されるまでしばらくかかるだろう。その間に死出の旅に出る。わしが死んだ後、速やかに病死したと届け出ろ。すべては月坂家のためじゃ、と——。

香は涙も見せずに語った。何度も、いや、何十度も何百度も泣いて涙は枯れ尽くしたのだろう、と安兵衛は思った。

「月坂家は五十石取りの小身ですが、武家にとっては碌の多寡よりも御家が大事。上役の無理難題に唯々諾々として従って家名を汚し、果ては御家取り潰しに遭う前に自ら命を絶って嫡男に道を譲って御家を守ろうとしたのです」

「その三好田守道様の名前を聞いたことがある……。確か、ご家老の一人……」

「そう、その通り。よく知っているね」

「代々、ご家老を務める家柄と聞いていますよ。兄上は、その三好田様から難題を吹っ掛けられなかったのですか」

「兄は大丈夫でした。家を継いだ後、別の軽い役職を与えられたのです。ただ父上の後任の方は苦労したようです」

御家と言うものを知らない安兵衛は、武家とはずいぶん不便なものだ、と思いながら話を聞いていた。

それほど飲んだ訳でもないのに香の顔がほんのり桜色になってきた。

かぐわしい色気を感じた安兵衛が香の胸許に手を伸ばした。


「さっき忘れたよ、と答えたけど、あの柔《やわら》の術は父上に教わったの。わたし、小さいころに父上から柔と小太刀、母上から薙刀を教えられた。でも、体が小さかったから木刀も薙刀も重くて嫌いだった。そこに行くと、柔は何も持たなくてもいいから柔の稽古には熱が入った。柔と言えば、厳しく優しい父上を思い出すのよ」

（そうか、それで姐さんの顔が寂しげに見えたのか）

「さっき安さんに手渡した薙刀は、母上から譲られたもの。いつも長押にかけていたけど、安さんは気づかなかったようね」

「まったく気がつきませんでした」

「母上は薙刀を教えるのをあきらめて手習いと算盤、裁縫を教えてくれた。父上は二人の兄上に『論語』を教えていた。聞きかじっていたわたしも『論語』を覚えたの。さながら門前の小僧習わぬ経を読む、ね」

香は遠い昔を思い出し、ふふ、と笑った。

話を聞きながら、和やかな月坂家の暮らしが目に浮かんだ。

安兵衛は物心がついたときには母親が病で死んでいたため、香のような暮らしとは無縁だった。

「家督を相続したとき、兄は嫁を迎えたばかりだった。貧しい家に母上と正次郎とわたしがおり、中間も抱えていた。兄上から父上の遺言を聞いた母上は、身の回りを片付けると仏門に入ったの。父上の菩提を弔うために小竜庵に……。兄上に迷惑をかけまい、と口減らしの思いもあったと思う。そんな母上を見て、わたしも兄上の許を去る決意を固めたの。本名を那津と言ったけど、香と名を変えて読み書き算盤を教えるところを探した。運よくすぐに見つかった。それが古着屋の市古堂だったの」

「そうでしたか」

安兵衛は手酌の酒を飲んだ。

「丁稚や手代に読み書き算盤を教えた。年上の手代もいたのよ。大旦那様は見込みのありそうな下女にも学ばせました。母上や兄上に少しでもお金を届けたかったのですが、できなかった。住まわせてもらい、三度のご飯も食べさせてもらっていたからね。お給金をもらえる訳などないのは分かっていたけど、本当のことを言うと、お金がほしかった……」

香は一息ついて、酒を口に含んだ。

「二年ほどしてから大旦那様に呼ばれ、世話をしたいが、どうだ、と言われたの。日中、暇だろうから寺子屋を開いても構わない、とも言われてねえ。いいことずくめにびっくりしてお話を受けたのさ。お陰で母上と兄上にお金を届けることができるようになった。どうやら大旦那様はどこかでわたしの身の上を聞いて来たようなの。大恩ある大旦那様の家に足を向けて寝られないよ」

「そう言う訳があったんですか。姐さんが大旦那さんに尽くす訳が分かりましたよ」

「尽くしちゃいないよ。だって、安さんとこんな仲になって……」

「すみません」

「謝ることはないよ。謝るとすれば、わたしだよ。わたしが大旦那様に謝るんだよ」

「いや、あっしです。ただ、あっしには七両二分（七十五万円）もの大金はないもんで……」

「何だい、その七両二分って言うのは」

「何でも、江戸ではその手の示談金の相場と聞いたことがあるもんで……。困ったことにあっしは、そんな大金は拝んだこともない」

香は声を上げて笑った。

「大旦那様は、知っているよ」

「話したんですか」

「ええ、だいぶ前に、ね。ずっと先のことだけど、大旦那様をお見送りしたら、一緒に暮らしたい男《ひと》がいる、と打ち明けたら、分かっている、って」

「えっ」

「あれはいい男だ。大事にしな。ただし、わしが逝ってからの話だ、とね」

「そうでしたか」

「うん。わたしも早く安さんと暮らしたいけど、それは大旦那様の早い死を願っているようなもの。だから、しばらく待っておくれ」

「分かっていますよ」

安兵衛は酒を注いで、くいっ、と飲んだ。

「やっぱり知っていましたか。知っていて……。大旦那さんは懐が深い人ですね」

うれしくなり、また酒を注ぎ足した。

市古堂の大旦那とは何度も会ったことがある。初孫の市松をあやす笛がほしい、と人を介して頼まれ、津軽藩で作られた鳩笛を届けたのが最初の出会いだった。その市松がかどわかされ、たまたま市松の居場所を見つけた安兵衛が連れ戻した。ねんごろな礼をされたが、このときに香の家に出入りしていることを話したことがあった。二年前のことだ。

(その後、大旦那さんが姐さんと話しているうちにあっしとの仲を察したのではないか)

こう推量しながら酒を飲んでいるうちに気がみなぎって来た。

「姐さん」

「どうしたんだい」

「気が元に戻って来た」

「ふふ。蚊帳に入って待っていて」

香は膳を台所に運び、行灯《あんどん》や蝋燭の火を落として蚊帳に入って来た。

三

夜明け前に目を覚ました安兵衛は、そっと起き上がった。

寝息を立てて眠っている香を起こさないように静かに家を出た。

五尺棒を持って天和池に走った。

着くと、伊助と跡継ぎ息子の伊之助、水売りの五助が稽古をしている。

安兵衛も棒術の稽古を始めたが、昨夜の寝乱れた香の姿がちらついた。そのため、伊助に何度も、腰が入っていない、と叱られた。

(大旦那さんが逝くのを待っている訳ではないが、いつ所帯を持てるんだろうか)

雑念ばかりが浮かんだ——。


夕方、商いを終えて一本松に戻ると、安兵衛を呼ぶ声がした。

(あの声は鋳掛屋の治助さん。何があったんだろう)

行くと、伊助と並んで座っていた治助の前に神妙な顔をした竹三と草太がいた。

「どうしたんだ」

安兵衛が聞くと、治助が二人に代わって答えた。

「安の弟子にしてほしいんだ、とさ」

「何だって」

驚いた安兵衛は二人の顔をまじまじと見た後、助けを求めるように伊助の顔を見た。

「何があったんだ」

伊助が怪訝そうな顔をして聞いた。

安兵衛は香や市古堂の名を出さずに、女子《おなご》一人を相手に悪さをしているところに出くわしたんで懲らしめた、と教えた。

「竹三に草太と言ったな。安兵衛に仕返しするんじゃなくて弟子になりたいと言うのか」

伊助の問いに、二人はうなずいた。

「どうしてだ」

「へい。仕返しを考えるよりも安兵衛兄いの鮮やかな五尺棒の遣《つか》い方に惚れてしまったんです」

「それで棒術の弟子になれれば、兄いのそばにいることができるし、腕も上がると思ったんで。強くなれれば女子にももてるだろうと……」

伊助は二人の言い分に苦笑した。

「こうだとよ、安。どうする」

「あっしは、まだ修業中の身ですよ。弟子なんざ、取れないし、取る気もない」

「竹三に草太、聞いたか。弟子を取る気はないとさ。安に口を利いてやってもいいが、その前に二人の腕を試したいが、いいか」

二人がうなずくと、伊助は黒光りのする愛用の六尺棒を竹三の前に置いた。

「竹三、この六尺を思い切り振って見な」

何だ、そんなことか、と言う顔を見せたが、重くてなかなか持ち上がらない。やっと持ったが、振れない。

「草太、やって見な」

へい、と答えて掌に唾をつけて握ったが、竹三と同じだ。

「安、振って見せてやれ」

安兵衛は草太から六尺棒を受け取ると、中段の構えから上段に移り、振り下ろした。

びゅっ、と音を立てた。

「竹三、草太。この六尺を振れるようになったら、安兵衛の弟子にしてやる」

「へい。ありがとうございます」

「お前たちの仕事は、何だ」

「青物を作っている百姓なもんで畑仕事の手伝いを」

二人は口をそろえて答えた。

「そうか。では、畑を耕すときは、棒術の稽古のつもりで鍬を振り上げ、振り下ろせ。一回耕せば済むところを二回耕せ。土が柔らかくなって作物の出来がよくなるし、お前たちの稽古にもなる。一年後にまた来い。真面目に鍬を振るっておれば、この鉄木を振り下ろせるようになるはずだ」

「この六尺、鉄木って言うんですか」

「そうだ。鉄のように硬くて重い南蛮渡来の木だ。おいそれと触ることのできない六尺棒だぜ」

「一年後に振り下ろせるようになって見せます」

「そうかい。そうしたら安の弟子にしてやる。安も稽古に励んで師匠に似つかわしい腕前となっているはずだ」

竹三と草太は、安兵衛の弟子になったつもりで帰って行った。

「安も威勢のいい兄ちゃんに見込まれたな」

へい、答えたものの安兵衛の気持ちは複雑だ。

(唆されたとは言え、一度は姐さんを辱めようと思った野郎だ。そんな野郎を弟子にできる訳がないだろうに……)

安兵衛の気持ちを見透かしたように伊助が言った。

「どんな訳があったか知らないが、人助けだと思って弟子にしてやれ、安。そうしないと、あの二人、悪事に走ってしまうぜ」

「へい」

「ありがとよ。ところで、どうだい、これから『末広』で一杯やらないか」

「へい」

四

半刻後、伊助と安兵衛は、手持ち無沙汰の様子の五助を誘って花屋町の一杯飲み屋『末広』にいた。

器量よしの女将の末が切り盛りする末広は、いつも仕事を終えた職人たちでにぎわっている。この日も職人たちの大きな話し声と汗の臭いが満ちていた。

三人は小上がりに座り、四方山話に花を咲かせていた。

安兵衛が、いろいろな物の値が上がって商いに困っている、とこぼすと、伊助もうなずいて言った。

「みんな同じさ。わしだってそうだ。近ごろ、油を節約する家が増え、あんまり売れねえ。そうじゃなくとも日が長くなる夏場は、ただでさえ売れねえからな。懐に金がうなっているのは大店の旦那やほんの一握りのお武家さんだけさ」

「お武家さんの話で思い出した――。近ごろ、お屋形の役替えの話があったそうだが、一人のご家老の反対で立ち消えになったと言う噂を耳にした。兄い、何か聞いていないか」

ふと五助が伊助に尋ねた。

屋形は藩政を司る場であり、奥は藩侯の住まいになっている。

「うむ、その話、わしも聞いた。祐筆頭が二人の祐筆の役替えを三席家老に出したら、突き返されたそうだ。これでは顔が立たないと思った祐筆頭が再度願いを出したら、一人は認められ、一人は退けられたと言う」

突き返した三席家老は、三好田守道だ。

「噂は本当だったのか。聞き入れられなかったお武家が気になるな。名を聞いていましたかい」

五助がまた尋ねた。

「月坂正嗣郎様と言う……」

「えっ、月坂様――」

黙って聞いていた安兵衛がびっくりした声を上げた。

「何だ、安。月坂様を知っているのか」

「いいえ、お目にかかったことはありません。お名前を耳にしたことがあるぐらいで」

「そうか。月坂様は祐筆の一人だ」

霞露藩には祐筆頭の下に祐筆が五人いる。藩の重役らの評議を書き留めたり、藩の日々の動静を書き記したりするのが主な務めだ。分限帳の作成にも当たり、家臣の死亡や隠居による家督の相続者の氏名、役替えなどによる石高の変更をまとめている。

「病で亡くなった月坂様の父上は、花石郡代官を務めたお方だ。島様の話では、ご城代は月坂様に父上と同じ代官を務めさせたい、と考えているようだ。祐筆頭も同じことを考えて祐筆から郡代官心得へのお役替えを持ち出したようだ」

「若い方なのですか」

「三十を越えたところ、と聞いている。頭脳明晰と言う噂だ。出しゃばったところがなく、謙虚な人柄と言う評判だ。そんな男をご城代が捨てて置く訳がない。郡代官心得、郡代官と務めさせた後、いずれは勘定方の職に就かせるつもりらしい。衆目の一致するところだが、十年後、二十年後には霞露藩の重責を担っているはずだ。それなのに三好田様が異を唱えるのは解せない」

伊助が首をひねったが、たまたま昨夜、香から話を聞いていた安兵衛は納得した。だが、伊助に話す訳にはいかない。固く口止めされていた月坂家の秘密を打ち明けてくれたのは、安兵衛を信じていたからだ。

伊助には日ごろから、目にしたもの、耳にしたものは何でも教えろ、それが竿灯組細作のお役目だ、と耳に胼胝《たこ》ができるぐらい聞かされているが、今度ばかりは香から話を聞かなかったことにした。

「すると、月坂様はしばらく祐筆の職に留まるのですか」

「そうだ。三好田様の気が変わるまで待つお考えのようだ」

「そうですか……。それにしても三好田様は、何で月坂様の邪魔立てをするんですかねえ」

「邪魔立てか。確かに、そうだな。月坂様の出世の邪魔をしているように見えるな」

「何でなんでしょうね」

「分からん。三好田様の噂はいろいろ聞くが、三好田様の腹までは分からんからな」

ぐい呑みの底が三好田の腹の底でもあるかのように、空になったぐい呑みをじっと見ていたが、やっぱり分からん、とつぶやいて末に声をかけた。

「おーい、女将、酒を持って来てくれ」

安兵衛も三好田の評判を聞いていたが、どれも銭金に汚いと言うものばかりだった。

(ご城代や次席家老の目を盗んで物成を余分に取るのは、屁でもないだろう。十年も前のことを持ち出して月坂様の出世の妨げになっても困る。ここは、聞かざる、言わざる、だな)

そう腹を決めて、はーい、と末が返事した方を振り向くと、客はみんな帰り、末が徳利やぐい呑みを片付けていた。すぐ奥に引っ込み、徳利と杯を持って出て来た。

「お燗、していないよ」

末は三人に酒を注いだ後、自分の杯にも注いだ。

「何、難しい話をしていたの」

一口飲んだ末が聞いた。

「会ったことも見たこともないお武家の品定めを肴に飲んでいたのさ」

「それが肴じゃ、お酒がまずくなるよ」

「違《ちげ》えねえ」

伊助と五助が大声で笑った。

安兵衛も笑った。笑わないと、何か隠していると思われそうだと考え、苦笑いになった。

五

末広を出た安兵衛は、途中で伊助たちと別れて桜坂に向かった。

また来たのかい、と言われると思ったが、月坂様の話を早く教えようと急いだ。汗が出て来た。噴き出す汗が酒臭いような気がした。

着いた――。

（大旦那さんもお寅婆さんもいないはずだが……）

そう思いながら山鳩の鳴き声を送った。ほどなく勝手口が開く音がした。裏木戸に来ると、小声で聞いた。

「どちらさんで」

「安兵衛です」

すぐに木戸が開き、安兵衛は素早く入り、木戸を閉めた。

「何だか、今晩も安さんが来るような気がして待っていたんだよ」

勝手口に心張棒をかけて入ると、蝋燭が灯っていた。

「走って来たのかい。すごい汗だよ」

「親父さんたちと酒を飲んでいたんでさ」

「そうかい。それで酒の匂いがしたのかい」

「水を一杯、くれませんか」

はいよ、と香は柄杓に酌んだ水を差し出した。

「ああ、うめえ。どうやら汗も引っ込んだようだ」

「そう簡単に引っ込む訳がないよ。ほら、まだ汗が光って見えるよ。どれ、拭いてあげるよ。着物、脱ぎな」

安兵衛は拭いてもらいながら、話があって来た、と言ったが、聞こえなかったのか、香は安兵衛の体を隅々まで丁寧に拭いた。

「話は後で聞くよ。蚊帳に入っていて。単、そこに置いてるよ」

安兵衛は単を羽織って寝間に向かうと、汗を拭いた手拭いと下帯を洗う音が聞こえて来た。汗ばんだ着物を衣桁にかけているようだ。明日の朝には乾いているはずだ。

寝間に入って来た香は、愛おしそうに安兵衛の胸に豊かな胸乳を押しつけながら口を優しく吸った。長い口吸いだった。

横になったまま安兵衛は、末広で伊助から聞いた話を教えた。

「兄上から聞いて知っているよ。顔色一つ変えずにこう言ったの」

――父上は、泥水をすすってでも御家を存続させよ、と言い遺された。御家を存続させて藩侯にお仕えするのが第一。出世は二の次だ。祐筆として藩侯にお仕えしているだけで十分だと思っている。父上と同じ郡代官になろう、と願ったこともない。わが子に、御家大事の心得を伝えることが大事だ、と――。

「そうでしたか。聞いていたんですか」

「そう、御家第一、と言うあたりは兄上らしい。だから、安さん、伊助さんに何も言わないで。安さんや伊助さんは心配ないけど、どこからか変な噂が流れて兄上を困らせたくないの」

「よく分かりました。姐さんは兄上思いなんですね」

「そうかしら……。安さん、もう気が戻ったみたいね……」

夜が更けて行った――。

子安地蔵

一

朝、いつものように安兵衛が一本松に行こうとして次郎兵衛長屋を出たとき、ほとんど同時に長屋を出て来た隣の男と顔を合わせた。手に釜を持っているところを見ると、米を研ぎに井戸端に行くところだ。

「安さん、早いな。わしは、すっかり寝坊してしまった」

隣に住んでいるのは、薬草採りの一見斎要助だ。

「どこか遠くにでも行って薬草を採って来たんですか」

「きのうの夕方、天和池に行ったはいいが、思ったほど採れなくてあちこち探し歩いて草籠に一つ採って帰ったときは、へとへとさ。そのせいで寝坊したよ。年かねえ」

要助は苦笑いした。

「確か、要助さんはあっしよりも八つ上なはず。まだ三十でしょう。年だなんて言っていると、年寄りから笑われますよ」

「そうだな。飯を食ったら、また天和池に行ってみるか。安さんも気をつけて行きな」

へい、と応えて安兵衛は歩き始めた。

井戸端で茶碗を洗う長屋の嬶《かかあ》たちのにぎやかな声を背中で聞きながら十間も行かないうちに草鞋《わらじ》の紐が切れた。

ちっと舌打ちをして長屋に戻った。

「安さん、どうしたんだ。忘れ物かい」

長屋に入ろうした安兵衛を見た要助が聞いた。

「そこで草鞋の紐が切れたんで履き替えに戻ったんです。朝から不吉な感じですよ」

「そんなときは縁起直しに道順を替えてみるのも手さ。気分が変わるよ」

「そうしてみますか」

草鞋を履き替えた安兵衛は、縁起直しに一本松に行く道順を替えてみることにした。

一本松には朝夕、棒手振りや担ぎ屋が集まって来る。油売りの伊助、水売りの五助、鋳掛屋の治助、針売りの松蔵、莨売りの敏、蚊帳売りの吉兵衛、草鞋売りの六平、青物売り、川魚売り、古着買いなどと言った面々だ。安兵衛もその一人だ。

この一本松は城下のほぼ真ん中にあり、集まりやすいのだ。

集まっては、「大工町の三軒長屋の嬶が鋳掛屋に来てほしいとさ。鍋だか釜に穴が空いたと言う話だ」「六日町のあそこの家で夏も終わって蚊帳がいらなくなったから引き取りに来いとさ。ああ、口うるさい爺のいる家だ。替わりに布団がほしいとも言っていたぜ」と言った具合に商いの種を教え合うのだ。

　八日町に住んでいる安兵衛は、次郎兵衛長屋から通りに出ると、いつも北に向かい、最初の辻を左に曲がって花屋町、青物町、油町を抜けて一本松に行っている。

だが、この日は要助に言われたように道順を替えてみた。通りに出ると、いつもと逆に南に向かった。遠回りになるが、縁起直しだ。鍛冶町で西に向きを変え、清水町の辻で北に折れるつもりだ。現れる広い通りが肴町や呉服町だ。その先に一本松がある。

　清水町の辻の少し先に高さ二尺ほどの石地蔵が建っている。「清水町の子安地蔵」として知られ、子を授かりたい夫婦や子どもの健やかな成長を願う親子が拝みに来る。手を合わせるのは、近くの商人《あきんど》や職人ばかりではない。近郷近在の百姓たちもやって来る。だから供え物や線香、野の花が絶えることがない。

　安兵衛が清水町の辻まで来たときもしゃがんで拝んでいる女が見えた。

　見覚えのある後ろ姿だった。

（お敏姐さんだ）

声をかけようかと思っていたら、拝み終わって辻の方に戻って来た敏がすぐに安兵衛に気づいた。

敏は莨《たばこ》の担ぎ商いをしている。城下でただ一人の女担ぎ屋だ。四十を過ぎているが、器量と愛想のよさは若いころと変わらない。加えてわずか十匁の注文でも約束した日に届けると言う律儀な仕事ぶりが客を引きつけて離さない。

「おや、安さん、どうしたんだい。南の村にでも商いに行くのかい」

「いいえ、違いますよ」

草鞋の紐が切れたことを教え、並んで歩き始めた。

「姐さんは、ここのお地蔵さんによくお参りしているんですか」

「そう。ほぼ毎日、この子安地蔵さんにお参りに来ているよ」

霞露藩でも地蔵信仰が盛んだ。清水町の子安地蔵のように道端に建てられていることが多いが、それぞれ延命地蔵や子安地蔵、身代わり地蔵などと呼ばれて丁寧に祀られている。子安地蔵は安産や子授けのご利益があると言われ、清水町の子安地蔵は願が叶えられると評判だ。

「へえ、すごいな。あっしなんぞ三日も続かないよ。で、何を願掛けているんで」

「願掛けの願を人に話すと叶わないと言うじゃないか。昔は多恵が無事で育つように、多恵がいい人の嫁になるように、って願ってお参りしたものさ。お地蔵さんのお陰で無事に育ち、いい人と一緒になった、と思っているよ」

多恵は敏の一人娘だ。

「そうですか。お礼参りと新しい願掛けですか」

「まあ、そんなところだね」

(お多恵ちゃんに子を授かるように願を掛けているんだろうな)

茶屋『駿河屋』の前に来たとき、店先に出ていた主が声をかけた。

「お敏さん、もう加減はいいのかい」

「ええ、お陰さまで。あのお武家さんからいただいた薬が効いたようです」

足を止めた敏がしきりに頭を下げている。

「そうかい。それはよかった」

「駿河屋さん、あのお武家さんのお名前を存じませんか」

「あいにくだが、知らんな。初めて来た客に名前を聞くのも失礼だからな」

「そうですね。今度、お見えになったら、くれぐれもよろしくお伝えください」

「分かったよ」

敏は小走りで安兵衛に追いつくと、待たせたね、と言い、二人はまた歩き始めた。

「姐さん、具合でも悪くしたんですか」

「きのう、朝から熱っぽくてね。長屋で寝ていたかったけど、必ず行くと約束していたお得意が十何人もいたんだよ」

「姐さんは律儀だからね」

「約束を守るのは商いの第一歩。分かっているくせに」

「それで、どうしたんで」

「約束していたお得意、みんなに莨を届けたら、ほっとして気が抜けたのか歩くのもつらくなってね。座って休みたくなったけど、まさか道端に座り込む訳にもいかない。折よく駿河屋さんの近くまで来ていたから、後三十歩、後二十歩、と頑張って歩いたよ。床几に腰かけたときは安心した。長屋まで目と鼻の間だからね」

駿河屋から敏の住む大工町の吉左長屋まで三町ほどだ。

「茶を飲んでいたら、『女、具合が悪いのか』と声をかけられたんだ。声をかけられるまでほかの客が目に入っていなかったのさ。あわてて『見苦しいところをお見せしました』と頭

を下げたら、『詫びることはない。熱か。よく効く熱冷ましの薬を持っておるので飲むがい
い』と言って印籠から丸薬を取り出して懐紙に包んで分けてくれたんだよ」
「へえ、見ず知らずのお武家さんが、ね」
「着流しだったから非番だったんだろうね。さっぱりした感じのいいお武家さんだったよ。
年かい、年は三十過ぎ。三十三、四と言ったところかね」
安兵衛は、姐さんがお武家をよく言うなんて珍しいな、と思った。
はっきりしたことは知らないが、昔、敏の連れ合いが酔った侍の辻斬りに遭って殺された、
と耳にしたことがある。
「紋付を着ていないと、名前を知る手立てがないな……。あっ、そうそう。持っていた印籠
に家紋は、ついていませんでしたか」
「印籠に、ねえ。飾り気のない印籠だったと思うよ。根付かい。根付まで覚えていないよ」
根付は、印籠や巾着などを帯に挟んで下げるとき、落ちないように紐の端につける留め具
を言う。象牙や珊瑚などに精巧な彫刻を施した凝った根付も多い。
印籠自体は、黒漆塗りや梨子地、蒔絵などさまざまある。その上に家紋や龍虎などの意匠
を凝らしているものも珍しくない。

だが、霞露の城下では凝った印籠や根付を持っているのは、高碌の武士か大店の主ぐらいだ。

「そうですか」

「何だか、少し思い出せそうだよ。……印籠は桐の木でできていたような気がする。いつだったか、得意客にこの短刀の鞘は桐だ。桐の鞘は珍しい、と言われて見せられたことがあるんだよ。紫色も少し混じった焦げ茶色と言う感じの色によく似ていた。それに小さな丸と三日月がはめ込んであったような……」

「その象嵌は、家紋では」

「そんな家紋、聞いたことないよ」

「伊助の親父に聞いてみたら——」

「そうね、伊助兄さんなら何か知っていそうね」

安兵衛が親父と呼んだ伊助は、油売りだ。霞露の城下の棒手振りや担ぎ屋の元締めだ。敏が伊助兄さんと呼んだのは、連れ合いが殺されて途方に暮れていたときに何度も励まされ、莨の担ぎ売りの道を開いてくれたからだ。兄さんと言う呼び方に、お陰で一人娘の多恵を食べさせることができた、と言う思いがこもっている。

ほどなく二人は、肴町を抜けて呉服町に入った。

ここでもそれぞれの店の前に丁稚が出て道を掃除している。

古着屋『市古堂』の前には、年寄りと丁稚がいた。年寄りは市古堂の大旦那だった。

(挨拶もしないで素通りする訳にいかないいな)

安兵衛が少したいめらったのは、この大旦那が香を囲っているからだ。

安兵衛が声をかけると、大旦那が顔を上げた。

「おはよう。安さんが朝にこの通りを通るとは珍しいな」

「ちょっといつものと違った道を行ってみようと思って……」

そうですかい、と言って大旦那が敏の顔を見てから聞いた。

「安さん、こちらはおっ母さんかい」

いいえ、と答えたのは敏だった。口許に笑みが浮かんでいるように見えた。

「市古堂の大旦那様、わたしは莨の担ぎ商いをしている敏と言います。安さんと同じ担ぎ屋です。安さんのような倅がおればよかったのですが……」

「ああ、お前さんが莨売りのお敏姐さんですか。愛想がよくて情に厚いと評判ですよ。莨の臭いが着物に移るんで店では禁じていますが、奥では倅や番頭たちがよくのんでいます。たまには顔を出しなさい」

「はい、ぜひとも」

敏は大旦那に深々と頭を下げ、安兵衛を促して歩き始めた。

すぐに一本松が見えてきた。その下に十数人の棒手振りの姿が見える。にぎやかな話し声が聞こえてくるようだ。

「安さん、きょうも始まるよ」

「へい。きょうも頑張ります」

「市古堂の大旦那さんに声をかけられたせいか、きょうは商いがうまく行くような気がするよ」

敏の顔が輝いている。

安兵衛は、評判がいい、と褒められたからだと思っていた。

二

夕方、商いを終えた棒手振りや担ぎ屋が一本松に戻って来た。

安兵衛が草鞋売りの六平を見つけると、近づいて文句を言った。

「六、お前から買った草鞋、半日も履かないのに紐が切れた。新しいのに替えてくれないか」

「履き方が悪いんじゃねえのか。どれ、見せてみな」

「ほら、これだよ」

安兵衛が腰にぶら下げていた草鞋を渡した。

「うーん。確かにここのところが編み込みが甘くなっているな」

紐の切れた草鞋を引き取って新しい物を寄越した。草鞋は棒手振りや担ぎ屋、さまざまな職人、百姓が履いている。歩く道程や仕事にもよるが、早いと二、三日で使い物にならなくなる。だから草鞋売りを商いとしている者が多い。同じ草鞋売りでも編み上がった草鞋を買って来て売りさばく者もいれば、六平のように自分で編んで売り歩く者もいる。

紐の切れた草鞋を引き取ってもらった安兵衛は、別に三足買った。こうすれば六平も気を悪くすることがないと思ったからだ。

そこに敏が顔を出した。

「きょう、高い煙管《きせる》が売れたから『もりよし』で飯を一緒に食わないか」

「へい。この木箱を長屋に置いたらすぐに行きます」

「そんなに急がなくともいいよ。わたしも、ざっときょうの締めをしてから行くよ」

敏が言った締めは、売り上げの集計だ。

安兵衛は、敏が小さな帳面に莨と煙管などの仕入れ高と売り上げ高を書いている、と聞いたことがある。安兵衛も真似をしてみたが、三日と続かなかった。仕入れる品数が多く、面倒だったからだ。

一膳飯屋のもりよしに着くと、ほどなく敏が来た。

主の盛吉が敏と安兵衛の前に中汲みの二合徳利を一本ずつ置いた。中汲みは濁り酒の上澄みと沈殿《よどみ》の中間を汲み取った酒だ。濁り酒一合四文（百円）の倍の値だ。

「姐さん。親父さんは印籠の家紋のこと、何と言ってました」

朝、敏が伊助に家紋のことを聞いてみると言っていたが、安兵衛は結果を聞かずに商いに出かけたのだ。

「分からないって。そんな紋様の印籠、見たことも聞いたこともない、とさ」

「へえ、物識りの親父さんでも知らないことがあるんだ」

「でもさ、こう言って請け負ってくれたんだ。明後日、会うことになっているお武家さんに聞いてみる、とね」

安兵衛は、島兵部様のことだな、と思った。

島兵部は藩内の村々の家数や人数《ひとかず》（人口）を調べる家数人数改め方の職にある。表向きはそうなっているが、実は藩忍び御用竿灯組の組頭だ。竿灯組の細作（間者）頭の伊助は、頻繁に組頭と会っている。

「きっと何か分かりますよ。それはそうと、市古堂の大旦那さんと話ができてよかったですね」

「若いころから仕事に厳しかったと聞いていたから厳格な人と思っていたら、穏やかな人柄だったのでびっくりしたよ」

「年を取って丸くなったんだろうな」

安兵衛が推量を語ったところに盛吉が割って入った。

「何の話か知らんが、わしも入れてくれ」

「商売はいいのかい」

安兵衛が中汲みを音を立てて飲んでから聞いた。

「いつも来る連中は、みんな食い終わって帰った。だから、きょうは、おしまい。残っている飯と煮物、漬け物はお敏さんと安さんの分だ」

「それはうれしいね」

「それで、市古堂の大旦那さんがどうかしたのか」

「どうもしないよ。けさ、いつもと違う道を来た安さんと清水町の子安地蔵さんの前でばったり会ってね。一緒に一本松に向かう途中、お店の前で大旦那さんと会ったのさ。わたし、初めて会ったんだけど、好々爺って感じだったね。その話をしていたところさ」

「うん、できた大旦那さんと言う噂だ」

盛吉が相槌を打った。

「そんな感じだね」

「姐さん、大旦那さんの言葉をうれしそうに聞いていましたよ」

敏は手酌した中汲みを味わって飲んだ。

安兵衛には市古堂の大旦那の言葉を味わっているように見えた。

ぐい呑みを置いた敏が安兵衛の顔を見て聞いた。

「うれしそうだ、って分かったかい」

「へい。あれだけ褒められれば、誰だってうれしいですよ」

「何て褒められたんだ」

濁り酒がたっぷり入った大きめの丼を持って来て座った女将が尋ねた。

「愛想がよくて情に厚いと評判ですよ、って」

安兵衛が教えると、敏が目の前で右手を左右に振って言った。

「違いますよ。そんなのは商人として当たり前の話じゃないか」

「違えねえ。で、お敏さん、どの言葉がうれしかったんで……」

盛吉が聞いた。

「ちょっと話しにくいけど、大旦那さんに『こちらはおっ母さんかい』と聞かれたのがうれしかったんだよ」

「えっ、そうなんですか」

「安さん。お前、つくづく馬鹿だねえ」

こう敏に言われたが、安兵衛には言っていることがよく分からなかった。

(おれのような者のおっ母さんと呼ばれてうれしいのかな。分からねえな)

そう思いながら中汲みを口にした。

「お敏さんの言う通り、安さん、つくづく馬鹿だねえ」

やりとりを聞いていた盛吉と女将が声を上げて笑った。

そうですねえ、と頭を掻く安兵衛を見ながら敏は静かにほほえんでいた。

すぐに、実はね、と敏が口を開いた。

「多恵を授かった後、次は男の子だといいね、と亭主と話していたんだ。多恵が二つの年、子を授かったんだよ。きっと男の子だよ、と喜んでいたら、四月後ぐらいに流れてしまってね」

「そうだったのかい。知らなかったよ」

「それからですよ、たまに拝みに行っていた清水町の子安地蔵さんに毎日拝みに行くようになったんです。ところが、なかなか次の子ができないうちに……」

敏の次の言葉を察した盛吉が先回りして聞いた。

「多吉さんが殺されて何年になるかね」

「旦那さん、早いもので亭主が死んでから十三年経ちますよ」

「そうかい、もうそんなに経ったかい」

十三年前の安永六（一七七七）年夏、敏の亭主の多吉が左官の仕事場から帰る途中、酒に酔った武士に斬り殺された。多吉は三十三、残された敏は二十九、一人娘の多恵は七つだった。

「十三年も経つと、あの夜のこともうろ覚えになってさ。ただ、奇妙なことに、すごく蒸し暑い夜だったことだけ覚えている……。結局、男の子を授かることはなかった。弔いが終わった途端、多恵と二人、どうやって飯を食って行くのか、そればかり考えていたよ。実家《さと》に帰ったたって邪魔にされるだけだからね。そんな折、伊助兄さんが莨売りを勧めてくれたんだ。莨売りをしなかったら、母子二人で野垂れ死にしていたろうね」

「本当にお敏さん、一生懸命働いたよ。お多恵ちゃんもいい子に育ったし……」

女将が涙を着物の袖で拭いてから濁り酒を、ぐびぐびっ、と飲んだ。

「十三年か……。多恵も二十歳になり、わたしも四十二になった。辻斬りに遭わなかったら、男の子を授かったかもしれない。だから、安さん。市古堂の大旦那さんに、おっ母さんかい、と言われたときはうれしかったんだよ」

敏の目にうっすらと涙が浮かんでいる。

「うん、よく分かるよ」

こう言って女将が涙を流しながら席を立ち、濁り酒を注ぎ足しに行った。

「多恵が小さいころ、大きくなったら安さんのお嫁になるんだ、とよく言っていたから、ひょっとしたら、と考えたこともあるんだ。『おっ母さんかい』と言われたとき、そんな昔のことも思い出したんだ」

安兵衛に多恵と所帯を持つ気がないと思った敏は、人に勧められるままに多恵を植木屋『松が枝』の跡取り息子の亥之吉と一緒にさせた。ところが、亥之吉には一緒に暮らしていた情婦《いろ》がいた。嫁をもらったと聞いた情婦が焼き餅を焼き、亥之吉を殺してしまったのだ。名ばかりの夫婦だったから弔いが済んだら多恵が松が枝の家を出て来るものと、敏は思っていた。だが、多恵はこれも縁と言って松が枝の松重の養女となり、住み込み職人の茂松を婿に迎えた。

「お多恵ちゃんとは、しばらく会っていないけど変わりないですか」

安兵衛が聞くと、敏の返事を聞かないままに盛吉が目を細めて尋ねた。

「お多恵坊、そろそろじゃないのか」

「旦那さん、そうだといいんですが、何も聞いていませんよ」

「そうかい。何、そのうちに授かるさ」

「うん、授かるさ」

こう相槌を打った女将の呂律が怪しくなっている。大きな丼で濁り酒をぐびぐび飲んだからだ。

三

四日後の夕方。

一本松に戻った安兵衛は、伊助と話し込んでいる敏に気がついた。

(印籠の持ち主が分かったのかな)

「姐さん、お武家さんが分かったのかい」

「うん、月坂様と言うそうだよ」

(月坂様……。珍しい苗字だからお香姐さんの兄上かもしれない)

「月坂様と言うお武家は、祐筆の一人だ。お敏姐さんが見た印籠は月坂様の亡き父上が使っていたものらしい。代替わりになってからは、心機一転の覚悟なのか、家紋は新しくしたそうだ」

伊助が安兵衛に教えた。

(やっぱりそうだ。お香姐さんは、兄上が祐筆になっている、と言っていた――)

霞露藩には祐筆頭の下に五人の祐筆がいる。祐筆は藩の重役の評議を書き留めたり、藩内の日々の動静を書き記したりする。

「祐筆ですか。頭のいいお武家でないと務まりませんね」

「ああ、すごく頭が切れるそうだ。いずれは藩のご政道に携わる立場に立つともっぱらの噂だ。そのうえ、こっちの腕も立つそうだ」

伊助は右手で左の二の腕を軽く叩いた。

「そんなお方に見えなかったよ。もの静かな感じでした。お住まいは諏訪町ですか」

諏訪町は武家が住んでいる町だ。

そうだ、と伊助が答えると、敏が首をひねった。

「非番なのに、わざわざ諏訪町から肴町の茶屋まで出て来たのかね」

「そうではない。非番だったので小竜庵の尼となっている母御に会いに行った帰りのようだ」

「お母上は尼さんですか」

小竜庵は鍛冶町の南にある尼寺だ。小竜庵の西には安兵衛の父親が眠る大龍寺がある。

「十年前に月坂様の父上が病で亡くなった後、菩提を弔うために母上が尼となったそうだ。その母上に、月坂様は非番のたびに会いに行っていると言う話だ」

「そうですか。月坂様の親孝行には頭が下がります」

安兵衛は、非番の侍は間違いなくお香姐さんの兄上の正嗣郎様だ、と思った。

二人の話を聞いていた安兵衛がつぶやいた。

「どんな人なんだろう。一度会ってみたいものだ」

お袋のことを何一つ覚えていない安兵衛は、香の母にひと目会いたいと思った。

「安さんも、そう思うかい。本当にどんなお方なんだろうね。お会いしてきちんとお礼を言いたいよ」

安兵衛は尼となった香の母御のことを言ったのだが、敏は香の兄上と受け取ったようだ。

でも、と敏は言葉を続けた。

「伊助兄さん、月坂様のことを教えてくださったお武家様は、月坂様とお会いすることがあるんでしょうか」

「あると言う話だ」

「そうですか。では、茛売りが礼を申していた、と月坂様にお伝えしてくださるようお願いしてもらえませんか」

「もう伝えてあるよ。今度会ったら話しておく、と請け合ってくれたよ」

伊助の言葉を聞いた敏の顔に安堵の色が浮かんだ。

「ああ、よかった。あのとき、お礼を言ったつもりだったけど熱に浮かされて失礼したんじゃないか、と心配だったんです」

「大丈夫、姐さんの気持ちは伝わるはずだよ」

「そうですか。ありがとうございます」

敏は笑みを浮かべ、何度も頭を下げた。


帰り道、並んで歩く敏が安兵衛に聞いた。

「おっ母さんのこと、何か覚えているかい」

「いいや、何にも……」

「親父さんは何と言っていたんだい」

「いいや、何にも……」

「何にも教えてくれなかったのかい」

「いつもこう言ってた。『おっ母さんは安兵衛が小さいころに病で死んだ』『おっ母さんが死んだとき、安兵衛は幼かった』と」

「それだけかい」

「それだけ。親父はお袋のことを何も言わなかった。名前も、死んだ年も。背が高かったのか、低かったのかも。色白だったのか、そうでなかったのかも。顔だちも……」

「そうかい……」

「………」

安兵衛と敏は、しばらく無言のまま歩いた。草鞋の紐が切れ、縁起直しに通った道を逆に歩いていた。遠回りをしていたのだ。

子安地蔵の近くまで来たとき、敏が言った。

「ずっと寂しかったんだろう」

「………」

「わたしのこと、おっ母さんと呼んでいいんだよ」

安兵衛は、返事をしなかった。敏の気持ちがうれしかったが、何と返事をしたらいいのか分からなかったからだ。

「安さん、拝んで行こうか」

安兵衛は、しゃがんで両手を合わせた。

敏に聞こえないように、おっ母さんと呼んでいた。

その夜、安兵衛は夢を見た。

——親父と担ぎ商いに歩いている。荷が重い。肩に食い込む。「重いよ」「黙って歩け」黙って歩いていると、親父がいなくなっていた。一緒に歩いているのは、おっ母さんのようだ。「おっ母さん」と話しかけたが、返事がない。見上げると、顔がない。おっ母さんの顔を思い出せない。思い出そうとしていると、「安」と呼ばれた。顔を上げると、お敏姐さんがいた。「ここにおいで」と言われてそばに行くと、胸乳を出して「お前に飲ませていなかったね。たっぷりお飲み」と言った。吸った。よく覚えている胸乳だ。お多恵の胸乳だ。お多恵の胸に抱かれて眠っていると、鶏の鳴き声が聞こえてきた。まだ寝ていたい。鶏が叫んだ。「朝だ。起きろ」——

目が覚めた。

外で要助が、安さん、朝だぜ、と言いながら戸を叩いていた。

夢を思い出しながら天和池に行く支度を始めた。棒術の稽古があるのだ。

天和池の朝の棒術の稽古を終え、もりよしで朝飯を食った安兵衛は、一本松に行こうとして長屋を出た。

通りに出たところで顔のないおっ母さんが夢に出てきたことを思い出した。

（おっ母さんは三つか四つのときに病で死んだ、と親父から聞いたような気がする。三つか四つじゃ、思い出せなくて当たり前か……）

いつもは通りを北に行っているが、この日は南に向かった。清水町の子安地蔵の前で敏と会えると思ったからだ。

（きょうだけ、おっ母さんと呼んでみるか……）

蛍二十日に蝉三日

一

小間物の担ぎ屋の安兵衛が朝、いつものように一本松に行くと、いつもの面々が顔をそろえていた。棒手振りや担ぎ屋が商いに出る前にここに集まり、商いの種を交わし合う。そんな話もすぐに終わり、馬鹿話が始まるのが常だ。

きょうもそうだ。だが、いつもよりも声が大きい。一本松に何十匹張りついたのか分からないが、頭の上から聞こえて来る蝉の鳴き声がうるさいのだ。

みんな蝉時雨に負けまいと、声高にしゃべり、大声で笑っている。その真ん中にいるのは、大柄な水売りの五助だ。口が達者な五助が真ん中にいるのは、いつものことだ。

きょうは何の話か、と思って近づくと、肴町にある茶屋『駿河屋』で働く次《つぎ》と言う娘の話だった。

「あんな美人は見たことがないな。あと二十若かったら、毎日通って口説き落していたな」

こう言ったのは五助だ。年はもうじき五十になるが、女好きと食い意地だけは若い者に負けない。

莨《たばこ》売りの敏が笑った。

「五助さんはどこを見て、そう言うんだ。尻だけを見ていたんじゃないのか」

「確かにいい尻をしてるな。むしゃぶりつきたくなるような尻だ」

「五助さん、よだれがでているぜ」

冷やかしたのは鋳掛屋の治助だ。

「あの女、身持ちがいいと言う話だよ。いくら五助さんが二十歳若くても口説き落せないと思うがね」

「そうか。姐さんがそう言うなら諦めるか」

「近ごろ、五助さん、諦めが早くなったぜ。年か――」

「うむ、年かも知れねえな」

こう五助が答えると、蚊帳売りの吉兵衛が混ぜっ返した。

「何だ、年で役に立たなくなったのか」

「違えねえ」

また大きな笑いがはじけた。

「五助、お前も駿河屋の主をよく知っていると思うが、奉公人がふしだらなことをしたら、すぐに追い出すような男だ。客も同じだ。下心のある客は、すぐさま摘まみ出されてしまうぜ」

黒光りする天秤棒を手拭いで磨きながら油売りの伊助が言った。

「そうだ。すっかり忘れていた。危ねえ、危ねえ。駿河屋の主に摘まみ出されるところだった」

五助がおどけて答えた後、安兵衛に水を向けた。

「安、駿河屋のお次坊、知っているか」

「美人だと言う噂を聞いて見に行きましたよ。確かに美人ですが、うまく化粧すれば、もっときれいになります。客にしたい女です」

「安とおれは、どうも見るところが違うな。安、これから駿河屋に行かないか。尻の見方を教えてやる」

「五助さん、まだ茶屋は開いてませんよ。それに、きょうは店賃《たなちん》を払う日なんで頑張って稼がないといけないんです」

「安、お前は十日払いか」

「へい。きょうは二十日なんで十一日からきょうまでの分を……」

「いけねえ、おれもだ」

針売りの松蔵が店賃の払いを思い出し、素っ頓狂な声を上げた。

ここに集まって来る棒手振りは、みんな長屋住まいだ。店賃を日払いにしている者もいるが、ほとんどが毎日大家に払いに行くのが面倒なので十日払いにしているのだ。

八日町の次郎兵衛長屋に住んでいる安兵衛がきょう払わなければならないのは、十一日から二十日までの分の百六十文（四千円）だ。手許にある銭だけでは払えない。さて、どこを歩こうか、と思案していると、伊助が腰を上げて言った。

「さあ、みんな、稼ぎに行くか。暑くなりそうだから気をつけてな」

「へい」

「松蔵に安。店賃を稼ぎ出せよ」

「へい」

みんな思い思いの方角に散った。

この日、寛政二（一七九〇）年六月二十日（新暦七月三十一日）は、梅雨が明け、霞露の短い夏の真っ盛りだった。

思いのほか品が捌《さば》け、安兵衛は七つ半（午後五時）過ぎに大家を訪ねた。

どこで鳴いているのか蜩《ひぐらし》がうるさい。

さっさと払いを済ませ、銭湯でさっと汗を流して一膳飯屋『もりよし』で濁り酒でも飲むかと考えて戸を開けると、先客がいた。

後ろ姿しか見えないが、若い男のようだ。

「貸さないことはないよ。一日十六文だ。安いもんだろ。ただ、お前さん、久平さんと言ったね。本当に東野《ひがしの》村の名主久右衛門の倅かい」

大家の次郎兵衛の声だ。

「へい」

「いつ、ご城下に出て来たんだい。ご城下で何をするんだい」

大家は矢継ぎ早に尋ねた。

「ご城下には、出て来たばかりだ。稼ぎ先はこれから決める」

「これからだ、と」

「ああ、明日、口入れ屋に行くつもりだ」

口入れ屋は働き口の世話を商売としている。話が折り合えば、働き先が決まった者からも雇う側からも口利き料を取る。

「いまは稼ぎ先がないんだな」

「明日、口入れ屋に行くつもりだ、と言ったろう」

「そうか。稼ぎ先がないなら、長屋は貸せないな」

「何だと――。ぼろ長屋だが、借りてやると言ってるんだ。爺ー」

「そう言う言いぐさをするような男には、金輪際長屋は貸せない。さあ、とっとと帰りな」

「ふん、頼むものか」

久平と言う男は、顔を真っ赤にして頭も下げずに踵《きびす》を返した。

戸口に立っていた安兵衛とぶつかりそうになり、邪魔だ、と怒鳴った。安兵衛が一歩脇に避けると、にらみつけて脇をすり抜けて出て行った。
十七、八に見えたが、安兵衛が気になったのは懐のふくらみ具合だった。
(ひょっとして……)

「安さん、待たせたな。店賃か」

肩を怒らして出て行った久平の後ろ姿を目で追っていたら大家が手招きした。

「へい」

「ちょっと待っていな。いま、帳面を持って来るから」

帳面を持って来た大家がこぼした。

「身許がしっかりしていて人柄がよければ、すぐ貸すんだがな。長屋は人が住んでこそ銭になる。だが、いま来た若い衆は、ちょっとな……」

長屋に空きがあるのに次郎兵衛が貸し渋ったのは、店子が何か事を起こすと大家も咎められるからだ。

(あんな態度じゃ、大家に断られるのも当たり前だ)

胸の中で大家の肩を持ったが、やはり久平の懐のふくらみ具合が気になった。

二

翌朝、安兵衛は天和池で棒術の稽古に汗を流した。油売りの伊助から棒術を教わっているのだ。一緒に稽古しているのは、伊助の息子の伊之助だ。五助も稽古しているが、得物は小太刀だ。

三人に教えている伊助は、霞露藩忍び御用の竿灯組細作(間者)頭だ。伊之助はいずれ伊助の跡を継ぐ。

稽古が終わると、安兵衛は、伊助に前日の久平のことを話した。

「伊之助、先に帰っていろ。安の話を聞きながら帰る」

伊之助は、はい、と返事をすると、走って帰った。

「懐のふくらみ具合から見て匕首を隠し持っていた、と言うのか」

「へい」

「訳は」

「訳も何も分かりません。血走った眼と言い、匕首をのんでいることと言い、何かしでかすような気がしまして」

「その久平と言う男、東野村の名主の倅、と言ったな。名主の名は久右衛門と言う。倅が二人いるはずだ。跡取りの名は久太郎だ。安が見たのは弟の久平だ。この兄弟、仲が悪い。兄貴はけちで、弟は癇癪《かんしゃく》持ちと言う話だ。兄弟の間で何かあったのか……。気にはなるな」

（さすがは竿灯組の細作頭。近在の名主一家のことまでよくつかんでいる）

安兵衛は、城下はもとより周辺の村の隅々まで目を配っている伊助に舌を巻いた。

「へい」

「まあ、いつもの兄弟喧嘩だと思うが、念のため東野村に行って来い。何事もなければ、それに越したことはない」

「へい」

この日に行く約束をしていた客の用を済ませた安兵衛は、昼前に東野村に向かった。

城下から南東に一里半の東野村は、霞露藩有数の米どころだ。広い田んぼが連なっている。

今年は天気に恵まれたのか、稲が一尺五分ほどに育っている。

目に入った家に行ってみたが、これまで滅多に来ることがなかったためか胡散臭げな眼を向けられた。話も聞かずに、何もいらねえ、と断る家が多かった。

何軒目かに飛び込んだ家の嬶《かかあ》が話好きだった。何か聞けると思って房楊枝を分けてやると、済まないな、と言って白湯を出してくれた。房楊枝は柳の枝の端を砕いて房状にし、歯の間に挟まった食いかすを取るのに使う。

「これはご馳走だ。こう暑いと、すっと汗が引くようですぜ」

「暑いせいなのか、今年は蚊が多い。おれも童《わらす》もあちこち蚊に食われ、痒くてたまらねえ。何か虫さされに効く薬、持ってないか」

「へい、これはどうですか」

安兵衛が薬を勧めながら名主の倅に話を向けた。

「倅さんのことは分からないが、娘さんは竹松さんの嫁だ。お久さんだ。竹松さんの家は、すぐ近くだ」

こう言って竹松の家を教えた。

行ってみると、赤ん坊を背負った嬶が物干しからおしめを取り込んでいるところだった。

(あれが名主の娘の久か)

安兵衛は、小間物屋でございい、と声をかけた。

「用はないな」

つっけんどんな応えが返って来た。が、すぐに、ちょっと待て、と言い直した。

「おしめも商っているのか」

「へい、頼まれれば何でも持って来ます」

「そうか。そっから入ってくれ」

薄暗く、狭い勝手に行くと、隣の部屋から赤ん坊の泣き声が聞こえてきた。

すぐに久が赤ん坊を抱いて来た。

「田んぼの草取りをしている間に腹をすかせたようだ」

久は胸乳を出して乳を与えた。よほど腹が減っていたのか、赤ん坊は音を立てて飲んでいる。

「この童のおしめがすっかりぼろぼろになった。作ってやりたいけど、おしめにするような古着はないし、草取りに忙しくおしめにする布を買いに行く暇もない」

「おやすいご用で」

「暇もないけど銭もない。これだけだと、どれぐらい買える」

久は銭を出した。

「あっしが親しくしている古着屋に頼んで一枚でも多く買って来ますよ」

「頼むよ」

これを潮に久平のことを聞こうか、と思ったとき、隣の部屋から声がした。

「久、誰か来ているのか」

「ああ、ご城下の小間物屋だ」

小間物屋か、と言う声の後、足音が聞こえた。

「莨屋じゃないのか」

久の亭主の竹松だった。年は三十四、五と言ったところか。野良仕事のため日焼けしている。久の三つ、四つ年上のようだ。

「へい。小間物屋ですが、莨売りにご用ですか」

「莨が切れそうだが、莨屋が来ない」

「しょっちゅうご城下に行ってるのだから、ついでに買ってくればいいのに――」

「忘れていたんだ」

久をにらみつけたが、安兵衛に向き直ったときは口許に笑みを浮かべていた。

「ご城下には、よく行くんですか」

「うん、まあな……。で、莨、買って来てくれるか」

「へい、おやすいご用で。ご城下に戻ったら、莨売りの姐さんのところに行って分けてもらいます。どれぐらい持って来ますか」

「一月分、頼む」

久が静かになった赤ん坊を抱いて隣の部屋に戻った。

「一月分、と言われましても、吸う量が分からないもんで……。何匁ほど買って来ますか」

「そう言われれば、そうだな。三十匁もあればいいか。ついでに新しい煙管《きせる》も持って来てくれ」

人懐こい質《たち》なのか竹松は、笑みを絶やすことがない。

「へい、それも莨売りの姐さんに聞いてみます」

「さっきから姐さんと言っているが、その姐さんは美人か」

目の奥が光った。女好きなのかも知れない。

「ええ。いまは少し年を取りましたが、ね」

「何だ、婆さんか」

「まだ婆さんにはなっていないはずです。きれいな姐さんですよ。お敏さんと言うんですがね、人当たりがよくて、すごく気が利く人です。お敏姐さんに会いたいばかりに莨をのんでいる客もいるそうで」

「へえ。一度顔を見てみたいものだ」

目尻を下げた竹松が言った。

「東野村に来ることがあったら、こちらに寄るように言っておきます」

赤ん坊を寝かせた久が顔を出して聞いた。

「あの童、三人目の童だが、三人の中で一番汗疹がひどい。何か持っていないか」

「この天瓜粉はどうですか」

木箱から取り出しながら尋ねた。

「あっしは八日町の次郎兵衛長屋に住んでいるんですが、きのう、東野村の久平を名乗る若い衆が長屋を貸してくれ、と言って来たんです。この久平と言う男に心当たりがありませんか」

「東野村の久平、と言ったら、これの弟だ」

「長屋を借りる、と言うことは家を出て行ったのか。何があったのだ」

久と竹松は顔を見合わせて首をひねった。ひねりながら竹松が、もしかして、とつぶやいた。久には聞こえなかったようだが、安兵衛は聞き逃さなかった。

「久平は長屋を借りたのか」

「断られました」

広げた品を箱に戻して、あした、また来ます、と言って腰を上げた。

(竹松さんは、もしかして、の後、何と言おうとしたのか……)

三

翌日の四つ(午前十時)過ぎ、安兵衛は竹松の家にいた。一本松の下で顔を合わせた敏から莨と煙管を預かり、古着屋『市古堂』から分けてもらったおしめの束を持って来たのだ。

すぐに竹松が出て来て笑顔を見せて言った。

「待ってたぞ。ちょうど莨が切れたところだった。おい、久、煙草盆《たばこぼん》、持って来い」

安兵衛が木箱から莨を取り出した。

「けさは田んぼの草取りが終わったんですか」

「毎日、草を取るほど広い田んぼじゃねえ。物成（年貢）を取られ、借りてた銭を返した残りで飯を食っているが、かつかつの暮らしだ。今年か。今年は何とかなりそうだ。不作の年は名主から米や銭を借りてしのぐのさ」

「煙草盆ぐらい自分で取りに来いよ」

煙草盆を持って来た久は、ぶつくさ文句を言って音を立てて煙草盆を置いた後、安兵衛に軽く頭を下げた。

竹松は受け取った莨を火皿に詰め、すうっ、と吸った。

「おい、うめえ莨だな。これから、その姐さんの莨にする。で、煙管は持って来たか」

「へい、ここに」

安兵衛は火皿と雁首と吸い口が真鍮《しんちゅう》、羅宇《らお》が竹の煙管を取り出した。羅宇は火皿と吸い口をつなぐ管だ。

竹松は手に取ってみたが、がっかりした顔を見せた。

「軽いな。おれは、どっしりした重みのある煙管がほしい」

「では、やっぱりこっちですね」

火皿、雁首から吸い口まで真鍮でできた煙管を出した。

「面白い形だな。まるで豆の莢《さや》のようだ」

「竹松さんの言う通り、これは鉈豆《なたまめ》煙管と言うそうです。実は、お敏姐さんが勧めた煙管はこっちです。近ごろ流行り出した煙管ですが、ご城下で使ってる人は少ない逸品です」

使っている者が少ない逸品と聞いて竹松の口許が緩んだ。

「これ、もらおうか。なんぼだ」

安兵衛は値を教えた後、付け加えた。

「姐さんが言うには、少し高いけど、長く使える。長く使っていると、味のある色合いになるそうですよ」

銭を払った竹松は早速、一服つけた。

「うまい莨がますますうまくなった。こういう太い煙管がほしかったんだ」

満足げな竹松を横目に見て久が聞いた。

「おしめは、これか」

へい、とうなずくと、久が不安そうに口を開いた。

「ずいぶんと多いけど、おれが渡した銭で足りたのか」

「へい。あっしが懇意にしている古着屋に頼み込んで安く譲ってもらったんです」

「安兵衛さんの顔かい」

「まあ、そんなところですか。何、いつか着物を買うことがあったら、あっしに言ってください」

「おい、聞いたか。安くしてくれるそうだ。たまには着物の一枚も買ってくれ」

竹松は聞こえないふりをして莨を吸っている。

「ふん、いつもこうだ。どれ、おしめをさっと洗って来るか」

「よく乾いたおしめを使えば、かぶれも少なくなります。天瓜粉も効きますよ」

「あいよ。ありがとよ」

久がおしめを持って井戸端に行ったのを潮に竹松に聞いた。

「久平さんのことですが、どんな人ですか」

「どんな、って、うまく言えねえな。口数が少なく、何を考えているか分からねえ。そうだなあ、すぐにかっとなるところがある」

次郎兵衛長屋での出来事を振り返ると、竹松がかっとなる質と言ったのがよく分かる。

「何か、家を飛び出すような訳でもあったんですかねえ」

「さあ、それも分からねえ。田植えの手伝いに行ったときに一緒に稼いだが、その後は顔も見てねえな。きのうも聞いたが、久平がどうかしたのか」

「いえね、あっしの住んでいる長屋に住まわせてくれと言って来たんですが、大家に断られたら、ぷいと顔を真っ赤にして出て行ったんです。そのとき、あっしは大家の家の入り口に立っていたんですが、懐に物騒な物があったような気にして……」

「匕首でも隠し持っていた、と言うのか」

「へい。でも、あっしの見間違いかもしれません」

「いや、見間違いじゃないだろう。……心当たりが一つある」

えっ、それは何で、と身を乗り出すと、竹松はまた莨を火皿に詰め始めた。

詰めながら、話していいものやら悪いものやら考えているように思えた。

「実は、久平には惚れた女がいる。その女が二十日ほど前に家を出てご城下の茶屋で働き始めた。途端に久平が荒れ始め、女の家に押しかけて茶屋の名前を教えろとわめき散らしたと言う話だ。さっきも言った通り、おれは田植えが終わった後、久平と会っていない。みんな村人が言ってたことだ」

「ひょっとして駿河屋で働いているお次さんですか」

「よく知っているな」

「美人と言う評判ですよ」

「そうかな。美人と言うよりも男好きの顔と言う感じだが、な。久平は、お次が黙って家を出たことに腹を立てたらしい。別に、久平にいちいち話す筋合いもないのだが、な……」

安兵衛は、きのう竹松が『もしかして』とつぶやいたことを思い出した。

「きのう、竹松さんが『もしかして』と言ってましたが、どう言うことですか」

「うん？　おれ、そんなことを言ったのか」

へい、とうなずくと、竹松は賢《さか》しげに教えた。

「久平はすごく短気な男だ。すぐ癇癪を起す。もしかして、次との間に何か事を起こすんじゃないか、と心配したのだ。まあ、義兄《あに》としては心配するのは当たり前だが、匕首まで持っているとなると……」

「匕首は、何に使うんですかねえ」

「匕首を見せて、おれと一緒になれ、と迫るつもりじゃないのか」

(お次に断られたら、どう出るのか……)

おしめを干し終わった久が戻って来た。

「久、久平の噂を何か聞いていないか」

「何かって、何のことだ」

「久平がご城下の長屋を借りに行ったそうだ。たまたま、この小間物屋が住んでいる長屋だったそうだが、大家に断られて挨拶もせずに帰ったと言う話だ」

「あいつは、すぐに癇癪を起こすからな」

「お次さんを追って家を出たと言う話もあるんですが、何か聞いていませんか」

久は前掛けで手を拭きながら、ふふっ、と笑った。

「あいつは、次のことを好きだと言ってるみたいだが、相手にされていない。次は銭持ちが好きなんだ。名主の倅とは言え、分家もしてもらえないような男のことを好きになる訳ないさ」

「そのお次さんですが、どんな人柄で――」

「小間物屋さん、おれは次と年が離れていて、よく知らねえんだ。隣の家の嬶は次と年が一つか二つ違いだ。知ってると思うぞ。隣の嬶は、中と言う名だ。中も小間物屋さんに何か頼みたい物がある、と言ってた」

「そうですか。ちょっと寄ってみますよ」

あまりしつこく久平のことを聞く訳にも行かず、体よく追い出されたな、と思いながら安兵衛は、半町ほど離れた中の家に行った。中は二十歳ぐらいの話好きの女だった。

「お次さんか。お次さんは、小さいころからいつも腹を減らしていた。だから、少ししかない飯を、いつも分けてくれたおっ母さんに親孝行したい。嫁に行って子どもができたら、子《こ》どもにはひもじい思いはさせたくない。いつもこう言ってた。おっ母さん思いの優しい娘だよ」

四

城下に戻った安兵衛は、駿河屋の茶屋娘が若い男に刺し殺されたと言う話を聞いた。

まさか、と思って肴町に急いだ。

駿河屋に着くと、役人の調べも終わって野次馬も引き上げたようだ。ざわめきはなく妙に静まり返っている。

駿河屋の奉公人が客が座る床几を立てかけ、飛び散った血の上に土を撒いていた。

「おい、安」

この声は五助さんだ、と思って振り返ると、やはり五助だった。

「遅かったじゃねえか」

「いま東野村から戻ったばかりで。五助さんは何をしているんで」

「何って、この通り野次馬に水を売ろうと思って来たのさ」

(さすが抜け目がないな)

「下手人は久平ですか」

「そうだ。久平だ。一人の仕業《しわざ》だ」

「東野村で聞いた話では、久平はお次にすごく惚れていたそうです。もっとも久平の片思いのようですが……」

「やっぱりな」

うなずきながら五助は、安兵衛に水を差し出した。

「おごりだ。砂糖入りだぞ」

「これはありがたい」

砂糖水が体中に染みわたるようだった。

そこに伊助が顔を出した。

「同心の兼澤英嗣郎様に聞いて来たんだが、物陰に隠れていた久平がお次の姿を見ると、小走りでお次にぶつかったそうだ。手に持った匕首がお次の胸に深々と刺さり、すぐに息が絶えたと言う話だ」

伊助は五助からもらった砂糖水を一息で飲んでから教えた。

「久平の義理の兄は、あいつはすぐにかっとなる奴だから、と心配してましたぜ」

「やっぱりな。身内の心配が的中したのか。五助、もう野次馬は来ねえだろう。引き上げるとするか」

三人はその足で花屋町の『末広』に行った。

岩魚の塩焼きを肴に冷や酒を飲み始めた。

「兼澤様は、お次が誰かれ構わず体を許していると思った久平が嫉妬に駆られて刺し殺した、と見ている。動機はそんなところだろうが、駿河屋の言い分は違う」

「兄い、どう違うんだ」

「おととい、わしがみんなの前で言った通りのことを駿河屋が言ったそうだ。『茶は売っているが、体は売らせていない。茶屋を開いたときから貫いている』とな。駿河屋の言葉に嘘偽りはない。それに肴町で岡場所まがいのことをすれば、すぐに肴町の旦那衆に追い出されるに決まっている」

「確かに——」

安兵衛がうなずいた。

「気立ての優しいお次は、客から心付けをもらうことが多かったそうだ。駿河屋が『どうするんだ』と聞くと、『藪入りで帰ったときにおっ母さんにやるんだ』と答えたそうだ」

「あっしが東野村で聞いた話では、お次さんの家は貧しくて飯も満足に食えなかったそうです。お次さんの口癖は、『どんなに腹が減っても身は売らない。きれいな体で嫁に行き、自分の子どもにはひもじい思いをさせない』でした」

「そんなお次坊が体を売っている、と久平に吹き込んだ奴がいるに違いねえ」

五助が断じた。

「それは奉行所のお調べを待つしかないな」

「お次さんは、駿河屋で働き始めてから何日経っていたんで」

「きょうが二十日目だったそうだ。久平は城下に姿を現わして三日目か」

「へい、そうですが……」

「まるで蛍二十日に蝉三日、だな」

「伊助兄い、何だ、それは」

「盛りの短い例えだ。きれいな光を放つ蛍の寿命は二十日。長い年月、土の中にいた蝉は地上に出て三日で事切れる」

「きれいな光を放つお次坊が蛍か。東野村を飛び出して来た久平は蝉か」

「まあ、そんなところだな。蛍も蝉も短い命だ。殺されたお次は、気の毒に、としか言いようがない」

伊助がしんみりした口調で言い、冷や酒を、くいっ、と飲んだ。

「お次さんが二十日前に東野村を出たときは、久平に変わったところがなかったようなんです。ところが、三日前、久平は急に家を飛び出し、お次さんを狙い始めた。三日前に何があったんですかねえ」

「さあな……」

「お次坊が客を取っている、と久平が初めて聞いたのが三日前だったのじゃねえか。それを聞いた久平がかっとなって家を飛び出してお次坊を狙っていた」

「五助の見立てが当たっているような気がするな」

「さっき、五助さんが言いましたが、三日前に、久平に吹き込んだ奴がいたとすれば、そいつは誰で、何と言ったんでしょうねえ」

「安、それは兼澤様のお調べを待つしかねえな」

「へい、確かに――」

「あしたの夕方、兼澤様に会いに行ってみるか。これまでのお調べで分かったことを教えてくれるかも知れない」

五

次が殺された翌日の夕方――。

安兵衛が伊助と一緒に奉行所を訪ねると、疲れた顔をした兼澤英嗣郎が出て来た。

岡っ引きの仙蔵と下っ引きの常吉も一緒だった。

「仙蔵、苦労だったな。きょうは帰っていいぞ。わしか、わしは、これから伊助から酒を馳走になるところじゃ。そうだろう、伊助」

「へい。いつもの末広で一献――」

「暑い日は冷や酒に限る。仙蔵、飲んだ分を自分で払うなら、付いて来てもいいぞ。さあ、伊助、行くか」

末広には器量よしの女将の末に引かれて棒手振りや職人が飲みに集まって来る。

この日も仕事を終えた大工や左官、棒手振りが汗の臭いを振りまいて飲み始めたところだった。兼澤や伊助たちは小上がりに座った。奉行所に行く前に末に話していたのですぐに酒と肴が出て来た。

小上がりに入れるのは、せいぜい四人までだ。仙蔵も小上がりに座ったが、常吉は入れず上り框に座った。

安兵衛が兼澤に礼をして座った後、仙蔵と常吉にも軽く頭を下げようとしたら、たまたま常吉と目が合った。下っ引きは、おれと代われ、と言うように顎を横に動かした。素知らぬ顔をしていたら、いまにも殴りかからんばかりににらみつけた。

「兼澤様、きょうのお調べは、いかがでしたか」

伊助が酒を注ぎながら聞いた。

「まだ、みんな気が動転したままだ。調べが進んだような、進んでいないような……。伊助はお次殺しに関心があるのか」

「わしよりも安兵衛が気にかけているんです」

「ほう、何故じゃ」

安兵衛は久平が長屋を借りたいと言って来たが、断られて顔を真っ赤にして出て行ったことを教えた。そのとき、懐に匕首を忍ばせていたように見えたことも伝えた。

「やい、小間物屋、何ですぐに自身番に知らせないんだ」

仙蔵がいきなりかみついた。

「そう言われましても……」

「親分、何をどう知らせるんですか。匕首を忍ばせているように見えただけで自身番に届け出るんですか」

「おう、そうよ。わしに知らせたら、すぐにふん縛ってやったのに。茶屋の娘も殺されずにすんだのに」

常吉も、そうだそうだ、と親分を立てている。

「次郎兵衛長屋を出て行った後、どこに行ったかも分からない若造が危ないことをしそうだ、と仙蔵親分の許に駆け込めばよかったのですか。そのときは久平とお次の間柄も分からなかったんですぜ」

「仙蔵、無理を言うな。伊助の言う通りじゃ」

「親分、わしらが知りたいのは、久平がお次を殺した訳です」

「訳か。訳はお次が体を売っていたからだ」

仙蔵が胸を張って言い放った。

「兼澤様、親分の言う通りですか」

兼澤は冷や酒を一口飲んでから考え込んだ。

「きのう、久平は捕まった後、ずっと泣きわめいていたが、きょうは涙が枯れたのか、泣きもせずに、体を売っていたから殺した、と言った。ところが、駿河屋に聞くと、体を売らせたこともなければ次がこっそり体を売っていたこともない、と断言した。駿河屋は嘘偽りを申す男ではない。気が高ぶっていたとは言え、久平も嘘をついているとは思えん。従って久平の思い込みによる殺し、だろうな」

「油屋、聞いたか。久平が白状した通りお次が体を売っていると思って殺したのだ」

「確かに、惚れた女が体を売っていると聞いてかっとなって殺した、って言うことは分かりました。ただ……」

「分かったら、それでいいじゃねえか。油屋風情が四の五の言う話じゃねえ」

常吉が、そうだそうだ、と囃子ながらぐい呑みの中を覗き込んでいる。どうやら空のようだが、誰も気づかず注ごうともしない。

「仙蔵、まあ待て。伊助、ただ、何と言おうとしたのじゃ」

「へい。久平は誰から、お次が体を売っている、と聞いたのか気になりましてね」

「そんなことは簡単だ。東野村で噂を聞いたのだ」

「そうですか。安、教えてやりな」

「へい。東野村に行って来ましたが、そんな噂は聞きませんでした」

「何だと――。常吉の話では、お次が体を売っていると言う噂が立っていたそうだ」

「あっしが東野村で聞いたのは、癇癪持ちの久平の噂と母親孝行のお次さんの評判でした。常吉さんがどこで噂を聞いて来たのか、教えてもらいたいですね」

「常吉、教えてやれ」

「へ、へい……」

常吉はぐい呑みの中を見たまま、何も言わない。

「お前、東野村で何を調べて来たんだ」

「へい。お次が体を売っていると言う噂を……」

「常吉、東野村の誰から聞いて来たんだ」

仙蔵の尖った声に常吉の肩がぴくりと揺れた。

「………」

「お前、東野村に行ったと言っていたが、本当に行ったのか」

「すみません……。暑かったので、つい……」

「そうか。東野村で噂を聞いたと言うのは、下っ引きの嘘だったのか。すると、久平は噂を聞いたのではなく、兄の久太郎に吹き込まれて次を殺したことになる」

兼澤が常吉に冷たい目を向けて言った。

末広の中が急に静かになった。飲むだけ飲み、食うだけ食った男たちの半分が帰ったのだ。

「もう少し聞かせてもらえませんか」

「自身番で久太郎を調べたときのやり取りはこうだったな」

兼澤は冷や酒をあおって話し始めた。

※

「久平が『兄貴、話がある』と言って来ました。『何だ』と答えると、『先の話だが、兄貴が東野村の名主を継いだら、おれに田んぼを分けてくれ。何、半分とは言わない。三分の一でいい』と。『三分の一もやれるか。そんなにやったら、おれの嫁や子どもが飢え死にしてしまう。お前は黙っておれの手伝いをして手間賃をもらって、それで食って行けばいいのだ』」

「久平は何と言った」

「へい。『おれだって嫁をもらうつもりだ。嫁を飢え死にさせたくないから田んぼを分けてくれ』と言うので『ほう、久平の嫁になるような女がいるのか』と聞いた。すると、『お次と夫婦になると言い交わしている』と言うのです。久平がお次に惚れているのは知っていたけど、夫婦約束は口から出まかせに決まっている。そう思ったので『お次はご城下に出て茶屋で働きながら体も売っている、と言うではないか。そんな女と一緒になるのか』と聞いたのです」

「久平はどうした」

「どうもこうもありません。いきなりおれの顔を三、四発、殴って『そんなの嘘だ』とわめいて家を出て行きました。後は知りません。後で久平がお次を刺し殺した、と聞くまで、久平のことは忘れていました」

※

「親父の久右衛門は、久太郎と久平が言い争っていたのを知っていたが、またか、と思って止めもしなかったそうだ。まあ、ここまで、だな」

「へい、よく分かりました。兄に吹き込まれた愚かな短気な弟の仕業と分かりました」

「油屋、本当に分かったのだな。兼澤様のお調べに注文をつけるんじゃねえぞ」

「へい。安兵衛はまだ腑に落ちない顔をしていますが、しっかりと教えておきます」

六

駿河屋で働いていた次が殺されて十日ほど経った——。

次を刺し殺した久平は、打ち首と決まった。

次が体を売っている、と根も葉もないことを久平に吹き込みお次殺しの元凶となった兄の久太郎は、三年間の花石銅山送りとなった。

城下の北西にある花石銅山は、良質の銅が採れ、霞露藩の台所を支えている。銅山は暗く、狭く、蒸し暑い。そこで鑿《のみ》を振るう掘り子の仕事は、身も心もすり減る酷な勤めだ。久太郎は、その掘り子を命じられたのだ。

父親の久右衛門は、久平への目配りが足りなかったとして東野村からの所払いとなった。名主も代わった。

日中の暑さが少し和らいだが、今年は蝉時雨がまだ続いている。

蝉の鳴き声がうるさい朝、一本松で顔を合わせた敏が安兵衛に教えた。

「安さん、東野村の竹松さんのところに行って来たよ。何度も鉈豆煙管の礼を言われたよ。そんなことよりも、わたし、あの男を何度も見かけていたんだよ」

「どこで」

「どこだと思う」

「さあ……」

「駿河屋、だよ」

「何だって、駿河屋だって――」

「そう」

「竹松さんは駿河屋の話など、おくびにも出さなかった。話が違って来るな」

一緒に話を聞いていた伊助が言った。

「駿河屋の主に話を聞いて来い」

「へい。もちろんでさ」

七

それから三日経った――。

この間に安兵衛は、東野村の新しい名主に竹松がなった、と耳にした。

自慢たらしい竹松の顔が目に浮かんだ。同時に、釈然としない思いが湧き出た。竹松が久平のお次殺しに一枚噛んでいるような気がし、伊助に打ち明けた。

「これと言った証はないのですが、あっしの考えをぶつけて見ようか、と思いまして」

「うむ。これから行くのか」

「へい」

「兼澤の旦那に声をかけてからわしも行く」


東野村に行く途中、あちこちで安兵衛の頭に蝉時雨が降り注いだ。

(今年の蝉の季節もそろそろ終わりか)

霞露の短い夏を思った。足を止めて蝉が止まっていそうな木の幹を見上げ、手拭いで顔の汗を拭いた。蝉は見えなかったが、気配を感じたのか、一瞬鳴き声が止んだ。

名主の家に着いた。この家に住んでいた久右衛門一家は、久平のお次殺しの責めを負わされて追い出され、代わりに新しい名主の竹松一家が入ったのだ。

勝手口から声をかけると、久が出て来た。

「久平さんは気の毒なことをしました」

悔やみを言うと、久は口許に強張った笑みを浮かべた。

「あれは馬鹿だから――。自業自得だ。嘘つきの久太郎の言うことを真に受けて……。竹松の嫁になったとき、この家に戻ることはないと思ったが、馬鹿な弟二人のためにまた戻って来た。変な気持ちだ」

そこに竹松が顔を出した。

「久、客か。何だ、小間物屋か」

安兵衛は名主になった祝いを言った。

「人の運は分からないものだ。このおれが名主になるとは……。なってみたい、と思ったことはあるが、まさか本当になれるとは考えもしなかった。名も竹左衛門に替えた。竹松だ、とただの百姓みたいだからな」

まんざらでもなさそうな顔をしている。

「この人、名主になるのが分かっていたように、すぐに名前を替えたのさ」

竹左衛門が余計なことを言うな、とばかりに久に冷たい目を向けたのを安兵衛は見逃さなかった。

(名主になるのが分かっていたのか……。やっぱり……)

「この間、来てくれた莨売りの姐さん、小間物屋の言う通り美人だった。この鉈豆煙管を見て、名主にふさわしい煙管ですよ、と言ったときは、うれしかったな」

「この人ときたら、目尻を下げて、姐さん、十日に一度、莨を売りに来てくれ、だとさ。名主が務まるのか心配だ」

「何だと――」

「まあまあ。久太郎さんも久平さんも気の毒でした」

赤ん坊の泣き声を聞いた久が、また腹を減らしたようだ、と立って行った。

「それを言えば、兄弟喧嘩のとばっちりを受けて村を追い出された義父《おやじ》さんの方が気の毒だ」

「名主の竹左衛門さんに教えてほしいことがあるんで」

「何だ」

名主の竹左衛門と呼ばれて気分がよくなったのか、心持ち胸を張って答えた。

「世間では、次が客を取っていると久太郎さんが久平さんに吹き込んだと言っていますが、久太郎さんは誰から聞いたんですかね」

「さあな」

竹松の顔色がさっと変わった。

「久太郎さんは、あまりご城下に行かなかった、と聞いてますが……」

「そう言われると、そうだな」

「ですが、竹左衛門となる前の竹松さんは、よくご城下に行っては駿河屋で茶を飲んでいたと言う話じゃないですか」

「おい、小間物屋、何を言う」

「まあ、話を聞いてください。これは駿河屋の旦那さんから聞いた話ですが、お次さんの許に通っては一晩付き合ってくれ、としつこく迫る客がいたそうです。お次さんから相談を受けた旦那さんがその客に来ないようにねじ込んだと言う話です」

「それがおれだ、って言うのか」

「はい。恥をかかされたと思い、お次さんを殺したいと考えるようになった。でも、手を下したくない。お縄になりたくないからお次さんに惚れている久平に目をつけた。久平は短気だから、お次さんが体を売っていると思わせると、手を下すに違いあるまい、と考えた。では、久平に告げ口をするのは誰にするか。ここまで考えると簡単だ。日ごろから何かと仲の悪い久太郎をあおればいい」

「おい、小間物屋、お前、夢でも見ているのか。よくもまあ次から次と出まかせを言えるものだ」

こう言った竹松の顔が蒼ざめている。

「竹松さんは、いい考えだと思ったのです。すべてがうまく運ぶと、久右衛門父子《おやこ》を東野村から追い出せるし、名主の家や田畑が転がり込んで来る。失敗したら、知らぬ存ぜぬ、と認めなければいい」

「おい、小間物屋、言いがかりもいい加減にしろ。何か証があるのか」

「証はありません。しかし、足繁く駿河屋に通い、駿河屋の主人に摘まみ出されたのは証とはなりませんが、お次さんを殺したいと言う動機《きっかけ》になったはずです」

「何を言うか――」

竹松の声が途切れた。人が入って来たからだ。

「果たして言いがかりかな、竹松」

兼澤英嗣郎だった。

兼澤の後ろに岡っ引きと下っ引きの姿が見えた。伊助もいた。

「竹松、奉行所でとっくりと話を聞かせてもらう。仙蔵、縛り上げろ」

「へい。常、縛れ」

常吉が、へい、と答えたとき、赤ん坊を抱いた久が戻って来た。何が起きているのか分からず、呆然と亭主が縛られるのを見ていた。

「久、おれは何もしていない。この小間物屋にはめられた――」

「竹松、お前が一番の嘘つきだな」

こう兼澤が言うと、仙蔵がわめく竹松の頭を十手で殴った。

「お久、竹松をお次殺しの疑いで捕まえたところだ。お奉行がどんな裁きをするか分からんが、この家を出る支度をしておけ。安、帰るぞ」

へい、と答えた安兵衛のそばに来た伊助が久に言った。

「お久さん。お前さん、お次が殺されたと聞いたとき、内心、竹松が関わっているんじゃないかと疑ったのでは……。久平が下手人と聞いても、心のどこかで竹松を疑っていたんじゃないか。竹松がご城下によく行っていたからな」

伊助の言葉に安兵衛は、はっ、とした。そこまで気がつかなかったからだ。

久は大声を上げて泣きながら崩れ落ちた。

伊助に促されて外に出ると、うるさいほどの蝉時雨だった。

久の泣き声がかき消され、ありがたかった。

（蛍二十日に蝉三日、か――）

軒端の男

一

　夕方、安兵衛が一本松に戻ると、天秤棒を抱えてにやついている茸売りの松蔵が目に入った。

　やはりにやけている松蔵が気になったのか、水売りの五助が問い詰めていた。

「松、何があったんだ。にやにやして。茸を売って、心付けをいっぱいもらったのか」

　松蔵は何も答えない。

「松兄い、どうしたんで」

　安兵衛も聞いてみたが、松蔵は首を左右に振るだけだ。

　針売りの松蔵は毎年、九月一日になると、茸売りに替わる。寛政二（一七九〇）年の今年も九月一日（新暦十月八日）に針の担ぎ売りから茸の棒手振りに替わった。

　霞露岳の南麓にある御山村で生まれ育った松蔵は、山菜や茸に明るい。十年ほど前から城下に近い野山を歩いて山菜や茸を採って売っている。霞露の人々には山菜食いや茸食いが多く、結構売れているようだ。

「本当に何があったんだ。答えろ、松」

何も答えない松蔵にいら立った五助が大声を上げ、拳を振り上げた。

「わ、分かりましたよ、五助兄い」

身の丈が五尺ほどの松蔵は、五尺六寸もある大男の五助にあっさり屈した。

「茸を売っていたら、観音様のような美人に声をかけられたんですよ」

「どこでですか」

安兵衛が聞いた。

「寺町だ。あんなきれいなご内儀に会ったことがない。椎茸を売ったら、銭を払ってくれたときにご内儀の指があっしの手に触れたのさ。柔らかい手だったな」

内儀の手の感触を思い出したのか、松蔵の口許がほころんでいる。

「松、寺町の、どの辺りだ」

美人と聞いて五助が身を乗り出して聞いた。

「どの辺りって……。しょっちゅう三味線の音が聞こえてくるところだ」

「確かに、あれは美人だな」

「五助兄いは、あの観音様が誰か知っているんですか」

「ああ、知っている。知りたいか、松」

松蔵がうなずくと、五助がおもむろに口を開いた。

「おれも何度か見かけたことがある。お絹と言う三味線の師匠だ。『三十屋《みそや》』の囲い者だ。どう背伸びしても届かない高嶺の花さ」

三十屋は清水町で味噌を造っている大店だ。四十を過ぎた主の耕左衛門は、手堅い商いをすると言う評判だ。芸者だった絹を身請けして寺町に住まわせるようになって五、六年になろうか。

「そんなこと、分かっているよ。ただ、あっしは観音様のような美人に声をかけてもらって茸を買ってもらったのが、うれしかっただけだよ」

こう言い残して松蔵は、そそくさと帰って行った。

「松兄い、よほどうれしかったみたいですね」

ああ、こう答えた後、五助が鼻毛を抜いて大きなくしゃみをした。

「安、お絹観音のご尊顔を拝みに行かないか」

「ぜひ拝んでみたいですね」

安兵衛と五助は、翌日の四つ（午前十時）に寺町の絹の家の辺りで落ち合うことにした。

まだ三味線の稽古も始まっていないだろうし、往来に出て来るかもしれないと思ってのことだ。

その日の四つ近く、安兵衛は声を張り上げて寺町を歩いていた。

「おしろいにほおべにはいかがですかー」

どこからも声がかからない。

歩を休めて空を見上げると、青い秋空が広がっていた。

また歩き始め、声を上げた。

「江戸から取り寄せた危絵《あぶなえ》もあります」

危絵は肌を露わにした美人画だ。中にはきわどい絵もある。

危絵と聞いた客から声をかけられることがあるが、きょうはどこからも声がかからない。

「水はいかがですか。砂糖の入った甘い水ですよー」

後ろから五助の声が聞こえてきた。

安兵衛は足を止めて五助の来るのを待っているとき、どこからか、かたん、と音がした。

(はて何の音だ)

安兵衛が音のした方に目をやると、高さ四尺ほどの生け垣のある家の軒下に看板がかかっていた。

〈しゃみせんおしへます　きぬ〉

女文字の看板には、こう書いてあった。

（そうか、ここが美人のお絹師匠の家か）

「兄い、ここが三味線の師匠の家ですね」

五助は、そうだ、と言って水桶を置いた。

「砂糖の入った甘い水はいかがですかー。一椀四文におまけしていますー」

ここで砂糖水を売ると言ってからすぐに絹の家の軒端《のきば》から男が出て来た。

「おい、水売り、よそに行って売れ」

三十過ぎに見える男だ。

「あっしらは、霞露藩の往来ならどこでも商いできるお許しをいただいているんですが、ここでは何か都合が悪いですか」

「ああ」

文句を言ってきた男は、背が五尺六寸ある五助や安兵衛と同じほどの高さだ。

喧嘩慣れしているのか、強い後ろ盾があるのか、よそに行けの一点張りだ。

いつもの五助ならば、何だ、この野郎、と啖呵を切るところだが、何か考えがあるらしく下手に出た。

「あっしらも物分かりの悪い唐変木じゃありません。訳を教えてもらうと、場所を替えますが……」

「ここは三味線の師匠の家だ。これから姉《あね》さんの弟子たちが稽古に来る。ここに立っていられると、弟子が入りづらい」

そう言った後、往来を見回した。

「ああやって弟子がやって来るんだ。迷惑をかけないうちに、ここを離れろ」

男が指差した方を振り返ると、丁稚を連れた男童《おとこわらす》がこっちに向かっていた。

「あの童もお弟子さんで」

「そうだ。あれは米問屋『米勝《こめかつ》』の息子さんだ。大事な弟子だ」

「そう言うことでしたら、この場を動きますが、兄さんは三味線の師匠の旦那ですかい」

「違う。舎弟だ」

「そうでしたか。兄さんがお絹師匠の舎弟の参二さんでしたか。では、軒端にいるのが旦那ですかい」

「誰もいねえよ。さあ、行けよ」

見ると、軒端に立っていた男はいなくなっていた。

安兵衛の目の端に映ったのは、帯に何か挟んだ着流しの男だった。ちらりと見ただけだったのでそれが煙草入れなのか、矢立なのか、分からなかった。

「参二さん。冷たい水、いかがですか。安くして置きますよ」

「いらねえよ」

五助が水桶を担ぎ、歩き始めた。

入れ替わりのように米勝の倅が家に入って行った。

五助と並んで歩く安兵衛が聞いた。

「軒端の陰の男に、いつ気づきました」

「安と同じだ。すぐに気づいた」

「兄いが水桶を置いたときからこっちの様子をうかがっていたのは分かりましたが、あの男の顔はよく見えなかったんですよ」

「顔を見られたくないのか、ずっとこっちに背中を向けていた。あの後ろ姿、どこかで見たような気がするが、思い出せねえ」

「あっしもです。ここまで出かかっているんですがね」

安兵衛は右手で喉を軽く叩いて言葉を続けた。

「誰なんでしょうね」

「誰であれ、参二とつるんで小銭を巻き上げている奴だろう。いずれ分かるだろうが、変な奴が出入りしているところを見ると、美人の師匠の身の回りが気になってくるな」

「どんな育ちをした師匠なのか、洗ってみますか」

「心当たりがあるのか」

「ありませんが、暇ですし……」

「暇だ、なんて言いながら、本当は三味線の師匠が気になるんだろう」

「そんなんじゃありませんよ。何か、引っかかるんです。心当たりはありませんが、地獄耳の棒手振り仲間に当たれば何かつかめると思います」

二

安兵衛の当てが外れ、昔の絹を知っている男の名前をつかむまで六日もかかった。

この間に安兵衛は、松蔵の自慢話を何度も聞かされた。初めは五助と絹のいる寺町に行った三日後の夕方だった。安兵衛が一本松に行くと、待っていた松蔵がこう自慢した。

「安、おれは観音様のようなお絹師匠に気に入られたみたいだ」

「うらやましい話だね」

安兵衛が水を向けると、松蔵は口許を緩めて話を続けた。

「『きのこー、きのこー。採り立てのきのこはいかがー』と売り歩いていたら、師匠の世話をしている婆さんが出て来て呼び止めたんだ。すぐにお絹師匠が顔を見せて『椎茸、おいしかったよ。旦那様に滑子《なめこ》を食べさせたいんだけど、あるかい』と聞いたんだ。『滑子はそろそろ生えるころです。明日の朝、見て来ますが、早かったらもう二、三日、待ってください』と答えたら、『明日でも明後日でもいいから、おいしそうな滑子を分けておくれ』と言われたのさ。だから、明日の朝、採りに行って来る。一本松に顔を出さなくても気にするな」

言いたいことだけを言うと、松蔵は長屋に帰って行った。

その三日後にも滑子の自慢話を聞かされたが、安兵衛も五助も黙って聞いた。

松蔵は食うことだけで精いっぱいの日々を過ごし、これまでの三十年間に女を好きになったことがないと言っていた。その松蔵が高嶺の花と知りながら、胸の奥で絹への恋心をたぎらせている。

安兵衛には、ほほえましくも見えたが、惚れた、と言えない松蔵が痛ましくも見えた。

安兵衛は花屋町の『末広』の小上がりにいた。

間もなく、青物売りの朝吉に引き合わされた建具師の合六が来ることになっている。年は三十三、四と聞いている。建具師は戸や障子、襖《ふすま》を作る職人だ。

合六が顔を出すと、末広の女将の末が聞いた。

「きょうは二人ですか」

「そのうち伊助親父や五助兄いが来ると思います」

末が、分かったよ、と答えて合六と安兵衛に濁り酒を注いで下がった。

安兵衛は、どうぞ、と勧めたが、合六はぐい呑みに手もつけない。呼び出された訳を知りたいようだ。

「昔馴染みの朝吉に『寺町の三味線の師匠のことを知りたがっている男がいるんだが、ちょっと付き合ってやってくれ』と頼まれたんだ。朝吉の頼みじゃ断る訳にいかないが、安兵衛さん、まず知りたい訳を聞きたい。納得できる訳だったら、おれの知っていることは何でも教えてやる」

まったくその通りで、と安兵衛は居住まいを正した。

「あっしらの担ぎ屋、棒手振り仲間に松蔵と言う三十になる男がいます。針売りとして担ぎ屋になったり、春と秋には山菜売りと茸売りの棒手振りに替わったりする男です。この松蔵がお絹師匠に惚れましてね。松蔵は醜男《ぶおとこ》ではありませんが、美男と言う訳でもない。そんな松蔵に、お絹師匠が松蔵さん、松蔵さんと心をくすぐっている。確かに、蓼《たで》食う虫も好き好き、と言う言葉がありますが、それにしても何か妙な感じがしましてね。松蔵の気持ちを弄んでいるのであれば松蔵が気の毒。お絹師匠がどんな女なのか、を知りたくて合六さんに来てもらったのです」

合六は、分かった、と言ってぐい呑みを手にした。安兵衛もぐい呑みを持った。

二人は目の高さに上げてから音を立てて一口飲んだ。

「安兵衛さんの勘は鋭いな」

こう言って合六は、またぐい呑みをあおった。

すかさず安兵衛が酒を注ぎ、付け加えた。

「合六さん、失礼ですが、この後は手酌でどうですか」

うむ、とうなずいた合六が安兵衛の顔を見て言った。

「お絹がよく使う手だよ。そんな女子《おなご》だった。昔から……」

「いつごろの話で」

「十一、二年前のことだ。おれはいま、大工町に住んでいるが、そのころは長町の長屋で暮らしていた。ここでお絹と参二を知ったのさ。かわいい顔をしていたお絹は、甘え上手だった。いい大人がころっと騙されたと言う話だ――」

合六はぐい呑みに酒を注ぎ、すっ、とあおってから話し始めた。

※

――長町に『吉春《きちはる》』と言う置屋があったことは知っているかい。いまは廃れているが、おれたちが住んでいたころは結構流行っていたんだ。吉春の主は善春さんと言ったが、置屋を仕切っていたのは女将さんだ。善春さんは置屋の裏に長屋を持っていたんだ。長屋は三軒長屋と二軒長屋。おれたちが住んでいたのは三軒長屋だ。厠付きの二間長屋にお絹とお袋、参二とお袋が住んでいたのさ。お絹のお袋はあまり売れない芸者、参二のお袋は置屋の通いの飯炊きだった。善春さんは二人の女に手を出して妾にして長屋に住まわせたのさ。羽振りがよく、金もあったからできたんだろうが、いい度胸をしていたよ。腹違いのきょうだいのお絹と参二は、仲がよかったぜ。

おれは建具師の親父に弟子入りし、厳しく鍛えられた。遊ぶ暇もなかったし、お絹とは五つ、参二とは七つも年が離れていたので遊んだ覚えはない。おれの年かい。三十四だ。お絹は二十九のはずだ。

お絹は小さいころから三味線をよく弾いていた。たまに顔を合わせたときに褒めると、にこにこ笑って「大きくなったら、三味線の師匠になりたい」と言っていたものだ。

おれは二十歳になったころ、どうにか建具師と認められるようになり、二十二で嫁をもらった。それを潮に仕事をくれる大工の棟梁や親しい大工が住んでいる大工町に引っ越したのさ。親父たちと一緒に三軒長屋に移り、東側に親父とお袋、独り者の弟、西側におれと嫁が住み、真ん中を仕事場にした。仕事の打ち合わせに行ったり来たりしなくて済み、仕事がはかどった。

大工町に移ったころは、お絹はまだ芸者になっていなかったはずだ。長町から離れたせいか、お絹の話を聞くこともなくなった。十年ほど前だったかな、お絹と参二のお袋が立て続けに死んだと言う噂を耳にした。確か、お絹のお袋は流行り病、参二のお袋は食当たりだったな。それから半年も経たないうちに善春さんが卒中で倒れ、お絹と参二は長屋を追い出されたそうだ。女将さんの差し金さ。そう、女を取っ替え引っ替えしていた亭主への仕返しだよ。

長屋を追い出されてほどなくお絹は、盛岡に行って芸者になったと言う噂を聞いたのを覚えている。大きな町の盛岡には三味線の腕達者な芸者が多く、お絹はあまり売れなかったようだ。結局、霞露に舞い戻って芸者になったところ、見初めた三十屋に身請けされたと言う話だ。

三十屋に頼んで寺町で三味線を教え始め、多くの弟子を抱えている。お絹の色気に惑わされて弟子になった者もいるようだがね……。お絹の子どものころの夢がかなったが、どうにもならないのが参二さ。

背が低くて気が弱く、いつも近くの餓鬼どもにいじめられていた。逃げ帰ってはお絹の陰で泣いていた。手に職を持ってないからお絹から小遣いをもらっていると言う話だ。何があったか知らないが、近ごろの参二は舌先三寸の暮らしをしているそうだ。他人《ひと》の女房にちょっかいを出して小遣いをもらったり、小娘を騙して小銭を手にしたり。

住まいか？　お絹の家の近くの長屋を借りているはずだ。寝に戻るだけじゃないのか――

※

合六が話している途中で伊助と五助が入って来て、静かに酒を飲みながら耳を傾けていた。

一通り話が終わると、伊助が聞いた。

「芸者としてのお絹の評判は、どうだったんだ。わしらは芸者とは、とんと縁がないもんで」

「それはおれも同じです。盛岡に行って芸者になって三味線の腕を磨こうとしたらしいが、お絹ほどの腕前の芸者はいっぱいいたようで。結局は……」

「三味線の腕ではなく、体を売る枕芸者か」

「へい。それは本意ではなく、霞露に戻って来たらしいです。ご城下で芸者になったら、盛岡で芸者をしていた、と評判になりましてね」

「そうか。思わぬ形で売れっ子になり、三十屋に落籍《ひか》されたのか」

「そのようで」

伊助がうなずくと、五助が口を開いた。

「合六さん、近ごろ、参二と会いましたか」

「ずっと会っていないよ」

合六は首を横に振った。

「おれと安がお絹師匠の家の前で立ち話をしていたら、姉さんの弟子が入りにくいからとっとどこかに行け、と文句を付けた男がいたんだ。姉さんと言ったところを見ると参二と思われるが、この男はおれたちと同じくらいの背の高さだった。さっき合六さんが言った『背が低くて気の弱い』参二とは似ても似つかない」

「あっしは十一、二年、参二を見ていないので何とも言えませんが、急に背が伸びたとは思えません。確かに育ち盛りの子どもがたっぷり飯を食っていると、一年で三寸も四寸も背が伸びることもあるようですが、参二が育ち盛りのころはたっぷり飯を食えなかったはずだ」

こう言って合六が首をひねると、五助が言った。

「生まれ持った気性は、そう簡単に変わらないはずだ」

「へい。さっきも言った通り、近ごろの参二は舌先三寸の暮らしをしていると言う噂を耳にしたとき、本当に参二か、と思ったほどです」

「そうよ、そこが引っかかるんだ。合六さんが知っている参二とおれたちが会った参二は違うような気がする」

「五助兄い、まるで参二が別人のような言い方じゃないですか」

「安、五助の見立て、当たっているかも知れない。合六さん、いつか、あっしに付き合ってくれませんか。寺町にいる参二が合六さんの知っている参二なのか。そのときは安、お前も来い」

合六は四、五日後に納める建具があるため、六日後の十七日に寺町で落ち合うことにした。

翌朝、安兵衛は、おお、冷てえ、と素っ頓狂な声を上げて井戸水を使って顔を洗った。二日酔いを醒まそうと冷たい井戸水をたっぷり飲んだ。ぐずぐずしていると、明日から始まる霞露岳神社の秋の例大祭の支度が間に合わなくなるからだ。

例大祭に備えて仕入れていた品々を確かめ、値札を書きながら、昨夜初めて会った合六の気風《きっぷ》のよさを思い起こしていた。同時に、いつも女の尻の話しかしない五助の見る目の鋭さに舌を巻いた。

三

今年も九月になると、霞露藩の南の村々では稲刈りが始まった。今年の米は、まあまあの出来と見られ、百姓の声も弾んでいる。

あと十日もすれば、稲刈りも北に上がって城下と近郷の田んぼでも始まりそうだ。刈り入れを目前にした九月十三日(新暦十月二十日)、霞露岳神社の秋の例大祭が始まった。秋の例大祭は毎年、九月十三日から三日間と決まっている。今年はもろに稲刈りとぶつかったが、早々と稲刈りを済ませて神に感謝する百姓もいれば、作業を先延ばしにして神社に駆けつける百姓もいるはずだ。

今年も秋祭りは、結構賑わいそうだ。人出を当て込み、神社の境内はさまざまな小店が並んでいる。拝殿に近い参道筋には大店を構える商人、拝殿から離れたところには店を持たない棒手振りの小店が並んでいる。

小間物を商う安兵衛の姿も見える。拝殿寄りの右隣は水売りの五助、左隣は莨売りの敏だ。客を待っているだけでは客が寄りつかないので若い娘が通りかかると、安兵衛は呼び込みを始める。

「頬紅に白粉はいかがですか。きれいな櫛に髪挿《かんざし》もありますよ——」

呼び込みが利いたのか足を止めて髪挿を買い求めて行く娘もいた。

帰りに寄るよ、と言って拝殿に急ぐ見知り客もいる。

今年は、女神楽が初めて奉納されると言う話だ。八つ半（午後三時）ごろから始まると聞いていたが、八つ半近くになると、急に参拝者が増え始めた。珍しい女だけの神楽を見にきたのだろう。

神楽堂から笛、太鼓、手平鉦の音が聞こえてきた。どうやら始まったようだ。

軽快な鳴り物の音が境内に響き始めると、遅れて来た参拝客は急ぎ足で神楽堂に向かう。

そんな客が多い中、手代を連れてゆっくり歩いて来た年寄りがいた。市古堂の大旦那だった。

安兵衛の小店の前で足を止めて言った。

「もうじき桜坂が顔を出すと思うが、欲しい物があったら渡してやってくれ」

こう言って銭を寄越した。懐紙に包んであったが、手にすると一両だった。

「へい。釣りはどうしますか」

「安さん、野暮なことを言うんじゃない。足りなかったら、後で取りにおいで。もしも余ったら安さんへの心付けだ」

「へい、ありがとうございます。ところで、いつもの手代はどうしました」

「ああ、卯平のことか」

「へい」

「三月ほど前だったか、わしが仕入れに行った盛岡から帰ったら、辞めたい、と言い出した。いくら訳を聞いても話さない。かと言って、訳も分からずに辞めさせる訳に行かないので盛岡の知り合いの古着屋に頼んで修業に行かせた」

「そうでしたか」

卯平は大旦那が盛岡に行っている隙を突いて大旦那の囲い者の香を手籠めにしようとしたが、香に投げ飛ばされた揚げ句にたまたまやって来た安兵衛にとっちめられたのだ。

(卯平へのお灸が効いたようだな)

「女神楽が始まっているようだな」

「へい、先ほど始まったようです」

「どれ、わしらも見に行くか」

市古堂は神楽堂に向かった。

見送ると、今度は薬草採りの一見斎要助も大工の七助と嬶の由と連れ立って来た。女神楽が目当てらしく、安兵衛に声もかけずにさっさと行った。

（お香姐さんもそろそろ来るころだが……）

鳥居の立つ入り口の方を見ると、米問屋『米勝』の内儀の勝と末息子の勝三が来たのが見えた。

勝は安兵衛の小店の前で足を止めた。

「ちょうどいいところで会った。小間物屋、秋祭りが終わった翌日に来てくれ」

「へい」

「来たときに詳しく話すけど、勝三が使う三味線の撥《ばち》を買って来てほしいんだ」

「へい、分かりました」

米勝親子が拝殿に向かうと、敏が言った。

「有無を言わせぬ口調だね。大店のご内儀って、ああなのかねえ」

「忙しい人ですから手短に用件を言う癖がついているんでしょう」

「そうかねえ」

「根はいい人ですよ。それに、あっしは仕事をもらえれば、いいから」

「人がいいのは安さんの方だろう」

「違えねえ」

五助が大きな声を上げて笑った。

ちょうどそのとき、鳴り物が止んだ。奉納神楽の最初の演目が終わったようだ。

目を戻すと、寅を連れた香がやって来たが、人目を気にしてか素知らぬふりをして通り過ぎた。

「奥様、小間物屋の安兵衛さんがいますよ」

足を止めて寅が大きな声を張り上げた。

「あら、本当だ。人混みで気がつかなかったよ」

香は寅に言われて気がついたような顔をして安兵衛の小店の前に立った。

「これは桜坂の奥さん。先ほど大旦那様が『好きな物を買って行くように』と言って金を置いて行きました」

「いろいろ買ってもらっているので欲しい物はないわ」

「そう言わずに……。どうですか、この鼈甲《べっこう》の髪挿は」

安兵衛は飴色をした細長い髪挿を勧めた。

「この通り黄色と茶色が混じったきれいな髪挿ですよ」

「本当にきれいね。それをもらうわ。後で届けて」

「へい。預かった金はまだ残っていますが……」

「そうねえ、お寅さんに櫛をもらおうかな」

「奥様、おれはいらない。髪も少し薄くなってきたし……」

「だったら、余計いい櫛を使わないと駄目よ。安さん、お寅さんの櫛も持ってきて」

「へい」

突然、笛、太鼓、手平鉦の音が鳴り響いた。二番目の奉納神楽が始まったようだ。

「奥様、神楽が始まったようだ。早く見に行こう。櫛はいいから」

「お寅さん、そんなことを言わないで」

「奥様、おれ、いらない。その替わりと言うのも変だが、おれの分で二人の孫娘の櫛を買ってくれませんか」

「分かった。安さん、今度来るとき、お寅さんの櫛と孫二人の櫛を持って来て」

「へい」

「奥様、ありがとうございます。でも、早く見に行こう」

「まあ、待って。お寅さん、稲刈りの留守番に行くの、いつだっけ」

「四日後だ」

「安さん、それまでに持って来ておくれ。私の髪挿は、その後で構わないよ」

そう言うと、香と寅は神楽堂に急いだ。

安兵衛が香の含みのある言葉をかみしめていたら、五助が聞いた。

「安、さっき寺町の師匠が通ったぞ。見なかったか」

「見ませんでしたよ」

「桜坂に気を取られて見落としたんだろう」

五助の声を聞いた敏が、ふふっ、と小さく笑った。


やがて女神楽も終わり、参拝客が引き上げ始めた。

遅れて来た百姓たちは、もう女神楽は終わったのか、とぶつぶつ言いながら拝殿に向かった。

日が落ち、参拝客も少なくなったが、安兵衛はとうとう三味線の師匠を見ることができなかった。

四

霞露岳神社の秋の例大祭が終わった翌日、安兵衛は米勝を訪ねた。

内儀を呼びに行った下女が白湯を出しながら言った。

「もう少しで手が空くので少し待ってくれ、と言ってた」

「分かりました。皆さんはあっしが持ってきた品を見る暇はありますか」

「仕事の合い間に見るから並べてくれ」

へい、と答えた安兵衛は、四段重ねの木箱を開け、化粧道具や房楊枝、あかぎれやひびに効く塗り薬などを並べた。

柔らかい柳の枝を叩いて房状につぶした房楊枝は、歯についた食いかすを取ったり歯を磨いたりするのに使う。銭のある者は塩をつける。塗り薬は冷たい水を使って手が荒れる下女が欲しがる品だ。

安兵衛が米勝に出入りするようになって日が浅い。下女たちから聞いた話では、先代の米勝に息子がいなかったため、跡取り娘の勝が聟を迎えたそうだ。勝は聟の亭主を立て、内儀として店を取り仕切っていると言うことだ。

安兵衛の木箱を勝手にのぞいた下女が男女がもつれている枕絵を見つけて騒ぎ始めた。二人、三人と下女が集まって顔を赤らめながら回し見している。

「いりますか」

安兵衛が聞くと、いらないよ、と言って箱に戻した。後で見ると、売り物にならないぐらいに絵がくしゃくしゃになっていた。

手の空いた下女を相手に馬鹿話をし、あれこれ品を勧めながら半刻ほど待っていると、内儀が顔を出した。待たせた詫びも言わずに用件を切り出した。

「倅の勝三が三味線を習っているんだが、ずっと樫の木の撥を使って稽古してきたんだ。近ごろ象牙の撥がほしいと言い出したのさ。ご城下にないので南部藩の盛岡に行って買って来ておくれ」

「へい、それはいいですが、象牙の、どんな撥が欲しいのでしょうか」

「誰か、勝三を呼んで来て。小間物屋、どんな撥が欲しいか、倅に聞いておくれ。これは撥代。足りなかったら、帰って来てから言っておくれ。こっちは旅籠代と手間賃」

懐紙に包んだ金を寄越すと内儀は、店に戻った。霞露藩の村々で稲刈りが盛んになり、買い付けなどで忙しくなってきたようだ。

内儀と入れ替わりに前髪を下ろしたばかりに見える勝三が顔を見せた。

「いま使っている撥は、この樫の木の撥。重さは二十匁だ。体が大きくなったので軽く感じるのさ。師匠に聞いたら、二十五匁の象牙の撥にしな、と言われたんだ。師匠は、おれに譲ってくれるような余分な撥を持っていない、と言って盛岡の肴町にある『黄川屋』と言う三味線の店を教えてくれた。そこに行って買って来ておくれ」

「へい、分かりましたが、買って来てから気に入らないと返されても困りますよ」

「大丈夫。二十五匁の象牙の撥なら使いこなして見せるから」

「一日も早く手にしたいようですね」

「そうだよ。早く買って来ておくれ」

「早くても五、六日、かかります。知っての通り南部藩に行くには往来手形が要るんです。これから手形を書いてもらうよう頼みに行きますが、書いてもらうのに二、三日かかることもあります。そうなると、十日ほど見てほしいですね」

「分かった。でも、できるだけ早く頼むよ」

へい、と答えた安兵衛は、下女を相手に広げた品物を片付けながら聞いた。

「勝三さん、かなり三味線が好きなようですね」

下女の一人が小声で教えた。

「小さいころから体が弱くてね、米俵を担ぐことができないほどだよ」

これを引き取って別の下女が言った。

「体が弱いせいか奥手だ。上の二人は十六、七のころからおれたちの尻を触りまくっていたけど勝三さんは、そんな素振りも見せない」

「内儀は、そんな勝三さんを三人兄弟の中で一番かわいがっているのさ。欲しい物は何でも買い与えているよ」

「そうですか」

安兵衛は四段重ねの箱を背負って立ち上がった。

また来ておくれ、と言う下女たちの声に送られて安兵衛は大龍寺に向かった。両親《ふたおや》が眠る大龍寺の住職に、いつも往来手形を書いてもらっているのだ。

いつもは書き上げるのに一日、二日待ってくれ、と言うのだが、この日は暇だったと見えてすぐに書いてくれた。

（有り難い。あまり冷え込まないうちに出立できる）

こう思って歩いているうちに伊助と寺町に行って合六さんと会う約束をしていたことを思い出した。夕方、一本松で伊助と五助に訳を話すと、二人とも胸をとんと叩いて引き受けた。

「安、仕事が大事だ。参二のことは仕事じゃねえからな。おれが代わりに行って来る」

五助が笑って引き受けた。

五

黄川屋の主は、一見客の安兵衛に探りを入れるようにあれこれ聞いてきたが、絹の弟子に頼まれたと聞くと、懐かしそうな口ぶりになった。

「美人のお絹を身請けしようと思ったこともあるが、ちょっと金が足りなかった。あれは、なかなかの床上手だった。惜しい女子《おなご》だった」

主は象牙の撥を手渡し、豪快に笑った。

「お絹さんは盛岡でも引く手あまただったのですか」

「そうじゃ。……ただ、質《たち》の悪い奴に引っかかってな。何か弱みでも握られたのか別れ切れないまま霞露に帰って行った」

「えっ、何と言う名のどんな男で」

「名は、確か、用吉と言ったな。年のころは三十前後。背丈が大きい奴だった。お前さん、安兵衛さんと言ったな。お前さんと同じぐらい。五尺六、七寸あった」

参二のことじゃないか、と安兵衛はびっくりした。

「何か、ほかに目立ったことは？」

「普段は着物の下になって見えないが、右の二の腕に刀傷がある。昔、若侍と喧嘩して切られたと言っていたが、本当なのかどうか。仲間内の喧嘩で匕首で切られたんじゃないか、と言うのがもっぱらの噂だ」

黄川屋で米勝に頼まれた撥を買った後、何軒かの小間物屋や薬屋を歩いた。

冬になると、なかなか盛岡まで来られないと思ってあれこれ物を仕入れ、一日余計に泊まったので霞露に戻ったのは、二十一日だった。

早く用吉のことを教えようと思って真っすぐ一本松に行ったが、あいにく伊助も五助もいなかった。

（やっぱり商いを第一にしろ、と言うことか）

こう胸の中でかみしめながら米勝に向かった。

内儀を訪ねると、勝が忙しげに聞いた。

「金は足りたか。どれ、見せてくれ」

安兵衛が布に包んだ象牙の撥を内儀に渡すと、感嘆の声を上げた。

「きれいな白だねえ。結構、重い。勝三も気に入ると思う」

かすかに口許が緩んだ。

下女の一人に、勝三を呼んで、と命じた。

「いま、呼びに行ってます」

「おや、気が利くねえ」

「小間物屋が来たら、すぐに呼ぶように言われていたのです」

「そうか。勝三の喜ぶ顔が見たいよ」

（やり手の内儀と言う評判だが、末の倅には滅法甘いな）

安兵衛は内心にやにやしながら、勝三が来るのを待った。

ほどなく、ばたばたと小走りの音が聞こえてきた。

「小間物屋が来たって。撥はどこだ」

「ほら、ここにあるよ」

母親の前に座った勝三は、引ったくるように撥を手に取った。

「いい重さだ。小間物屋、重さは二十五匁か」

「はい、言い付け通り、ぴったり二十五匁です」

「やっぱりそうか。これはいい音が出るぞ。弾いて見てくる」

勝三は安兵衛に礼も言わずに奥に走って行った。

苦笑いしながら内儀が安兵衛に向かって言った。

「注文通りに買って来てくれたようだな。倅の喜ぶ顔を久しぶりに見たよ。これは礼だ」

内儀は安兵衛の手を取って懐紙に包んだ金を握らせた。

「盛岡に行く前にいただいていますので結構です」

「あれは手間賃。これは礼だ。取っておきな」

へい、と答えたときには内儀は、立ち上がって帳場に戻って行った。

「なんぼ、もらった」

下女たちのうらやましそうな声を背に受けて安兵衛は米勝を出た。

改めて一本松に行った安兵衛は、伊助に盛岡で聞いた話を伝えた。

「そうか、用吉と言う奴だったのか。岡っ引きの万次がお絹から聞いた通りだな。なあ、五助」

へい、と答えた五助が安兵衛に教えた。

「その用吉と言う奴、死んだぞ」

「えっ。死んだ――」

「そうだ。安が盛岡に行った日、伊助兄いとおれが寺町で合六と落ち合って参二が現れるのを待っていたが、あの野郎、どこをほっつき歩いていたのか、姿を見せなかったのだ。次の日も、と思ったが、合六は仕事があると言うので日を改めて見張ることにしたんだ」

「合六には無駄足を踏ませてしまったな。きのう、合六の都合を聞こうとして使いを出して一本松で返事を待っていたら、誰かが喜楽長屋で人が死んだそうだと聞いて来たのさ」

伊助は五助から水を一杯もらって飲んで話を続けた。

「もしかして、と思って寺町の自身番に行ったら折よく岡っ引きの万次がいた。万次の話では、死んだのはおとどい。お絹の弟の参二が長屋の土間に置いてる水瓶に頭を突っ込んで死んでいたそうだ。吐いた茸が浮いていたから毒茸に当たったたと分かったと言っていた。だが、自分で作った気配はなく、どこで食ったのかも分からない」

「死んでいた男は参二だったんですか」

「万次の倅の万七が参二だと断言したそうだ。万次がお絹を自身番に呼んで『この男は腹違いの弟の参二か』聞いたら、『弟でも何でもありません。盛岡でわたしを手籠めにした用吉と言う男です。わたしは脅されて情婦《いろ》にさせられていたんです。死んでせいせいしましたが、わたしは手を下していませんよ』と、けろっとして答えたそうだ」

「用吉であれば、右の二の腕に刀傷があるそうです」

「後で万次に確かめてみるが、お絹の話から用吉に間違いないだろうな」

「分からないのは、用吉がどこで茸汁を食ったのか、だ」

五助がぼそりと言った。

「それよ。喜楽長屋には鍋釜がなく、用吉が作ろうにも作れない。では、誰かが作った茸汁をどこで食ったのか。食ったのか、食わされたのか。万次がお絹に聞いたら『自慢じゃないけど、わたしは一度も料理をしたことがないんです』と口許に笑みを浮かべて言ったそうだ」

「それでは下手人は分からず仕舞いですね」

「安、用吉が毒茸を食わされて殺されたと決まってはいない。だが、用吉は誤って毒茸を食って死んだと言うところに落ち着きそうだな」

「と言いますと」

「あの辺りを縄張りとする万次は、十手をかざして威張って歩きたいだけの男だ。自分の縄張りで殺しがあっては困るのだ。お勤めは二の次」

「万次親分を使っている同心の楢橋勉次郎様は、どうなんで」

「楢橋様も似たようなものだ。同心の差配におれたちは口出しできねえからな。で、安。場を替えて用吉のこと、教えてくれ」


三人はいつものように末広の小上がりに座った。

「黄川屋さんの話では、碌の低い武士の五男だとか。元服したころから、どうあがいてもお城勤めはない、と思って同じような侍とつるんで悪さばかり働いていたそうです。ある日、盛岡の城下でお絹を見て一目惚れして口説いたけど袖にされてばかり。一計を案じて料理屋に芸者のお絹を呼んだ。お絹にしてみれば、呼ばれれば断る訳にいかないし、銭を並べられると断る訳にもいかない。そんなことを繰り返しているうちに、夫婦《めおと》のような暮らしになったそうです」

安兵衛の話に耳を傾けていた伊助が聞いた。

「どんな訳があって二人は霞露に来たんだ」

一口、酒を飲んでから安兵衛が答えた。

「用吉は仲間に分けるはずの銭を分けずに自分の懐に入れてしまい、仲間に追いかけられていたそうです。多分、お絹と会うのに銭が入り用になったのだと思います。お絹はお絹で、三味線を教えることもできない暮らしにうんざりして霞露に戻ろうと思っていたのではないか、と黄川屋さんは見ていました」

「そうして霞露のご城下に流れて来たものの用吉は仕事もないし、友もいない。毎日ぶらぶらしていたが、霞露にも慣れてきて人を脅して小銭を稼ぎ始めたのか」

「どうやら、そのようで」

今度は五助が口を開いた。

「そうこうしているうちにお絹は三十屋に落籍され、用吉を弟の参二と教えたのだな」

安兵衛がうなずくと、五助が続けた。

「三十屋は寺町にお絹と世話をする婆さんのお伝を住まわせ、参二を喜楽長屋にやった。お伝はお絹と参二の見張り役だろうな」

「まあ、そんなところだろう。本物の参二はどうなったんだ。黄川屋は何か言っていなかったか」

「お絹が盛岡に行って間もなく参二も追いかけて行ったようですが、半年も経たないうちに死んだようです。病だったのか、思いがけぬことに巻き込まれたのか、黄川屋さんもそこまで聞いていなかったと話していました」

「そうか……。用吉の食った毒茸汁、誰が作ったのか。知りたいものだな」

独り言のように小声で言った伊助の言葉が安兵衛の胸に響いた。

六

翌朝、一本松で会った松蔵が安兵衛に自慢した。

「安が盛岡に行っている間にお絹さんがこう言ったんだ。『松蔵さんと二人で山に行って茸を採りたいけど、わたしは山歩きをしたことがないの。代わりにお伝を連れて行って、どれが食べることができる茸か、どれが毒茸か教えておくれ。見本となるようにたくさん採って来て』と。それでお伝さんと一緒に行って来た」

「兄い、山に行ったとき、お伝さん、何か言っていなかったですか」

「何か、って何だ」

「愚痴みたいなことさ」

「お絹さんのことを悪く言う訳はないさ。あんないい女《ひと》はいないからな。ただ参二の悪口をずっと言っていたな。『あいつは稼ぎの少ないおれから銭を巻き上げて行く悪だ。ない、と言うと殴ったり蹴ったりして、なけなしの銭を持って行く。おれは人を殺したい、と思ったことはないけど、あいつだけは別だ』と涙を流して言ってた」

「そうか、お伝さんも参二にやられていたのか」

「どんな茸を採って来たんで」

「いろいろさ。毒茸は剥茸《むきたけ》に似ている月夜茸、一本湿地《いっぽんしめじ》に似ている草裏紅茸《くさうらべにたけ》、白松茸擬《しろまつたけもどき》にそっくりな毒蔓茸《どくつるたけ》を採って教えた。食ったら駄目だ、と念を押したら、お絹さんもお伝さんも『分かっているよ』とうなずいていた。帰りしなにお絹さんが『まだほかにも頼みたいことがあるの。今度来たときに頼むよ』と手を握ったんだ」

「お伝さん、本当に毒茸を捨てたんだろうね」

安兵衛が聞いたが、松蔵は熱に浮かされたように、お絹さん、と繰り返すばかりだった。

安兵衛は、伝が本当に毒茸を捨てたのかどうかが気になった。

まさか伝が用吉殺しにかんではいないだろう、と思って寺町に行き、伝を呼び出した。絹は三味線の稽古をしていた。

「少し聞きたいことがある」

「何のことか知らないが、おれは何も知らない」

おどおどして答えた。

「松蔵さんから聞いたんだが、一緒に茸採りに行ったんだって。そのとき、採った茸を食える茸と食えない茸に分けたそうだが、食えない茸はどうしたんだ」

「おれは何も知らない」

「いいや、知っているはずだ。食えない茸を隠して置いて汁を作って参二に、いや用吉に食わせたのか」

「おれは何も知らない。知らないと言ったら、知らない」

「どこで食わせたのだ」

「………」

「お伝さん、正直に話してほしいのだが……。お伝さん、誰かに脅されていたのではないか。

あっしは、そう見ているんですが」

この言葉に伝は、こくりとうなずき、安兵衛と一緒に八日町の自身番に行った。


自身番では兼澤英嗣郎が待っていた。

「お伝、茸売りの松蔵と一緒に採った毒茸は、どうした」

「松蔵さんに言われた通り、庭の隅に埋めようとしたところに、あの男が来て『何をしてる』と聞くので『これは毒茸だから捨てるところだ』と答えた。『それをおれに寄越せ』と言ったけど、おれは断った。すると、『買う』と言って銭をくれたんだ。参二に取られて銭がなかったので渋々やったら、『銭をもっとやるから茸汁を作れ』と言う」

「脅かされて茸汁を作ったら、今度は喜楽長屋に運べと言われたのか」

「はい」

「小ずるいあの男の考えそうなことだ」

こう言って兼澤は男の名前を上げた。

「その通りで——」

伝は淡々と答えたが、驚いた安兵衛は、まさか、と大声を上げた。

「安兵衛、喜楽長屋に行って用吉の長屋に出入りしていた者を調べて来い。岡っ引きの仙蔵や下っ引きの常吉では役に立たないからな」

七

翌日、奉行所に多くの者が呼ばれた。

呼んだのは同心の兼澤英嗣郎だった。

「八日町の自身番も寺町の自身番も狭いのでここに集まってもらった。喜楽長屋に住む参二こと用吉が毒茸を食って死んだ件だ。楢橋勉次郎殿が差配する目明かし万次の調べはどうなっている」

「へい。水瓶に吐いたと思われる茸が浮いていたことを考えると、誤って食ったものと思います。自分で作った気配はなく、どこかで手に入れ、知らずに食ったのだと思います」

「そうか。ここにいる小間物屋安兵衛が耳にしたところによると、いったん毒茸を手にしたお絹の奉公人のお伝が捨てようとしたとき、それを見ていた男に寄越せと迫られて渡したそうだ。その男はしょっちゅう喜楽長屋に足を運んでいたそうだが、万次、喜楽長屋に出入りしている者の名をつかんでおるか」

「いえ。万七に調べるように言っておきましたが、結果を聞いていませんでした」

「万七、どうじゃ」

「不審な者はおりませんでした」

「万七が調べれば、そうだろうな」

安兵衛はちらりと万七を見た。横顔しか見えなかったが、汗を浮かべていた。

「お伝から毒茸を買い取り、茸汁を用吉に食わせたのは、万七、お前だからな」

えっ、何だと、と驚きの声が広がった。

「兼澤様、それは何かの間違いです」

声を荒げて文句を言ったのは、万次だった。

「万七が用吉を殺す訳がない、と言いたいのだろう。だがな、万七には殺したい訳が山ほどあったのだ。万七は霞露のご城下に流れて来たばかりの用吉と知り合った。恐らく賭場のような悪所だろうな。用吉がお絹の弟ではなく情夫《いろ》と知った万七は、それを種に銭を脅し取ろうとしたが、海千山千の用吉には通じなかった。逆に、万七が十手を笠に着て、あちこちで小銭を強請り取っていることを知った用吉に銭を奪い取られた。いくら銭があっても堪らないと思った万七は、密かに用吉を殺す手立てを考えていたのだ。そこに降って湧いたのが毒茸。お伝に作らせて長屋に運んだ。そうだな、万七」

「…………」

「お伝、どうだ」

「その通りです。酒を勧め、茸汁も勧め、平らげたら、おれに鍋や椀、箸を持ち帰るように言い付けた。帰りしなに、水瓶に顔を突っ込んでやる、と息巻いていました。おれは足をがたがた言わせながら帰って奥様に挨拶もしないで布団をかぶって寝た」

「兼澤様、長屋に出入りすれば長屋の者が気づくはずです。まして茸汁を食って酒盛りをすれば声も大きくなり、長屋の者が何か言ってくるはずですが、何も言ってこないところを見れば、この婆さんの言うことも信用できません」

万次が真っ赤な顔をして言い募った。

「万次、いいところを突いているな。安兵衛、長屋の者は何と言っていた」

「へい。万七は以前から十手を振りかざし、みんなを黙らせていたそうです。自身番に行って訴えようと思ったこともあるそうですが、あの辺りは万七の父親の万次親分の縄張りです。泣き寝入りだ、と話していました」

「楢橋殿は万次親子のことは何か耳にしておりませんでしたか」

「いや、何も……」

「さようか。後日、奉行か目付のお調べがあると思う。万七はここに泊め置く。とっくりと調べるつもりだ」

八

「軒端に立っていたのは万七だったんだな」

五助が二十日ほど前の絹の家のことを振り返った。

伊助と五助、安兵衛は、いつものように末広にいた。

「陰に隠れてよく見えなかったけど、万七が帯に刺していたのは煙草入れではなく、十手だったんだ。十手と見抜いていれば、万七の凶行を防げたかもしれません」

安兵衛の胸に苦いものが留まっていた。

「それは神仏のみが知ることだ。まあ、飲め」

伊助が珍しく酒を注いだ。

「安、松はどうした。声をかけたか」

「五助兄い、そろそろ来ると思いますが……」

安兵衛は入り口の方に目をやった。

「今晩の酒代は、安と松の働きに対して兼澤様が出したものだ。松が来ないと、飲みにくいからな」

安兵衛がまた入り口を見てから言った。

「あっ、来ましたよ」

松蔵が座ると、改めて酒を酌み交わした。

「伊助さん、お伝さんはどうなりますか」

自分が採った毒茸で茸汁を作った伝の処罰を気にしているのだ。

「大丈夫だ。安兵衛に促されて自身番に行ったので自訴した形になっている。それに万七に脅かされて作ったのだから、お叱り程度だろう」

「万七はどうですか」

「あいつは用吉殺しに加えて数々の強請りたかり。磔《はりつけ》だろうな」

「そんなところだろうな」

五助が相槌を打った。

安兵衛は酒を口に含みながら、万七との因縁を思い起こしていた。

――半年前になるか。城下の塩の値がいきなり上がった。塩作りに欠かせない薪代が上がったのか、塩を運ぶ牛方の人足代が上がったのか、不審に思った伊助親父が塩を作っている南部藩野田通り野田村に行って調べるように命じた。親父の一人息子の伊之助さんと野田村に向かう途中、万七と子分に襲われた。野田行きの動きを察した塩問屋『塩倉屋』の主の差し金だった。五尺棒でしたたかに叩かれた万七が恨んでいると耳にしたことがある。逆恨みされていたのだ。塩の値が上がったのは、塩倉屋の主が私腹を肥やすためだった――

(あれを潮に真面目にお勤めしていれば、こんなことにならなかったろうに……)

「あのー、お絹さんはどうなるんで……」

松蔵の不安げな声で安兵衛は、半年前の出来事から現《うつつ》に戻された。

「松が一番心配なのは三味線の師匠のことだな。お絹は何もしていないので何のお咎めもないだろう」

「ああ、よかった」

松蔵は心底安堵した顔を見せた。

大声で笑う訳に行かず、三人は口許に笑みを浮かべてぐい呑みを運んだ。

九月末、安兵衛は絹を訪ねた。

「あのことがあってから弟子が減り、訪ねて来る客も数えるほどになったよ」

こう言って絹は、安兵衛に茶を勧めた。

用吉が情夫だったことが知れ渡り、弟子の半数が離れたと言う噂は本当のようだ。

「でも、米勝の勝三さんはきちんと稽古に来るし、旦那様もよく来てくれる。有り難いと思っているよ」

絹はうれしげに言った。

「勝三さんは、三味線弾きになるため生まれたような子だよ。すごい才能だと思っている。だから、稽古が厳しくなったけど……。こんなことがあっても休まずに稽古に来てくれることがうれしくてね。それに勝三さん、死んだ弟の参二の小さいころに、どこか似ていてね」

(勝三に参二の面影を見ていたのか……)

「それじゃ、かわいくて堪らない弟子ですね」

絹は、ふふっ、と笑った。

「きょう来たのは、師匠が松蔵兄いに頼みがあると言っていたそうですが、どんな頼みだったのか知りたくなって……」

「あまり言いたくないね」

「そうですか。何、兄いが何の頼みだったんだろう、としきりに気にしていたんで」

「そうかい。それは松蔵さんに悪いことをしたね」

絹は茶を飲んで息を整えてから教えた。

「憎い用吉が死んだから、もう頼み事もなくなった……。本当は、松蔵さんに兜菊をたくさん掘って来てもらおうと思っていたのさ。兜菊は青紫のきれいな花を咲かせるんだよ。『あの花を育ててみたいので見つけたら根から掘って来ておくれ』と頼むつもりだった」

「兜菊って、鳥兜のことですか」

鳥兜の根には猛毒があると言われる。乾かした根は生薬の烏頭《うず》や附子《ぶし》になる。

「そうも言うらしいね。鳥兜を採って来て、と誰彼に頼めないじゃないか。そう思っているときに茸売りの松蔵さんに出会った。山をよく歩いているそうだし、人がよさそうなので甘い言葉をかけたのさ。松蔵さんには申し訳なかったと思っている。いつかお詫びを言わなきゃと考えているけど、なかなか言い出せなくてね」

「別のことを頼めばいいですよ。春になったら、うまい山菜を採って来ておくれ、だとか」

「それでは、わたしの気持ちが収まらないよ」

「まあ、ゆっくり考えればいいですよ。松兄いは、師匠の頼みなら何でも聞きますから。で、その兜菊、用吉ですか」

「そう。用吉があまりにも乱暴が過ぎる。内でも外でも。これでは旦那様に申し訳が立たないと思ってね。兜菊を育てて、根を太らせて、それを与えてじわじわと死に追いやるつもりだった。でも、万七のお陰でわたしは手を下さずにすんだ。わたしには、万七は恩人だよ」

絹のきれいな頬に涙が流れた。

「旦那様が、いつもこう言うんだ。『野良犬にかまれたことは忘れるんだ』と」

絹は突っ伏して声を上げて泣いた――。


絹の家を出た安兵衛は、急に香の顔を見たくなった。

桜坂に足を向けたとき、お寅さんと孫娘の櫛は届けたが、鼈甲の髪挿を香に届けるのを忘れていたことを思い出した。

「詫びを言って、髪挿は後で届けるか――」

独り言を言いながら、香の柔らかい唇の感触を思い出していた。

雪の匂い

一　粉雪

小間物の担ぎ商いをしている安兵衛は、得意先から帰る途中でふと足を止めた。雪の匂いがしたような気がしたからだ。

三度笠の縁に手を当てて空を見上げたとき、さらさらした細かな雪が舞ってきた。

「初雪か――。道理で今朝、寒かった訳だ」

独り言を言いながら、寒くて目を覚ましたことを思い出した。

（商いを切り上げて冬支度をしなければ……）

こうと決めれば、動きは早い。

（きょう、行く、と約束していた客は、全部行ったな）

こう胸の中で確かめて、安兵衛は住んでいる八日町の次郎兵衛長屋に戻った。

道々、まずはお由《よし》さんに綿入れを頼もう、と考えた。それが済んだら布団屋に行って布団を借りる。次は、炭を買って、と指折り数えた。

綿入れはお袋や嬶《かかあ》がいれば頼めるが、あいにく安兵衛にはお袋も嬶もいない。惚れている女は囲い者だ。頼める訳がない。

(今年もお由さんに頼むか)

頼めるのは、裏の三間長屋に住む由しかいない。大工の七助の嬶だ。

由の裁縫は、とにかく丁寧だ。ゆっくり一針一針縫っていく。仕事は早くはない。だから早く頼まないと冬に間に合わない。

安兵衛の目には、子どもがいない由が縫い物を楽しみながら時の移り変わりを楽しんでいるように映っていた。

長屋に戻った安兵衛は、袷《あわせ》を持って由の長屋に行った。

「お由さん、今年も綿入れを作っておくれ」

「あいよ。そろそろ来るころだ、と思っていたよ」

由は手にした袷の臭いを嗅いだ。

「これは、洗濯してからの話だね」

「ざっと水洗いするくらいでいいよ」

こう言って安兵衛は、手間賃の一部を渡した。

「それができたら、もう一枚、持って来るよ」

「分かったよ」

「それと、去年、頼んだような気がするけど、褞袍《どてら》も」

「忘れていないよ。もうじき出来上がるから二、三日したら取りに来て」

「有り難い。さすがお由さんだ」

由は褞袍の布代や綿代、縫い賃を合わせた額を教えた。

「先生から何も頼まれていないけど、綿入れ、あるのかなあ」

先生とは、安兵衛の右隣の長屋に住んでいる薬草採りの一見斎要助のことだ。

由は一見斎から、熱冷ましの薬をもらったり月の障りの痛み止めをもらったり、と世話になっているので一見斎に恩を感じているようだ。

「要助さんに直に聞いてみたら」

「そうね」

由はうれしそうに答えたが、安兵衛は余計なことを言ったかな、と思った。一見斎の綿入れを引き受けると、自分の綿入れが後回しになるのではないか、と疑ったのだ。

安兵衛は三間長屋の左端に住んでいる。右隣が一見斎、その隣が大工の与五郎一家だ。与五郎の嬶の参は、何にでも首を突っ込むお節介焼きだ。

その参から聞いた話では、由が熱を出したとき、一見斎から口移しで薬を飲ませてもらったそうだ。以来、由の一見斎を見る目が変わった、と参は言うのだ。

どうせ尾鰭をつけた話だろうと聞き流していたが、由の目つきを見ると、そうとも言えないような気がする。

由の長屋を出たとき、雪は止んでいた。

(さっき雪の匂いと思ったのは、何の匂いだったのだ。雪って匂いがあるのか)

安兵衛は身を縮めて布団屋に走った。

寛政二(一七九〇)年九月半ば(新暦十月下旬)の昼過ぎのことだった——。

二　小米雪《こごめゆき》

一月ほど経った。

由に頼んだ二枚の綿入れも褞袍も受け取った。綿入れはもう着ている。暖かくて手放せない。重ねて掛ける上下の布団も借りた。布団は春になったら返す。毎年のことだが、安兵衛なりの冬の備えが進んでいる。

いまは藁《わら》の深沓を履いているが、大雪が降ったときは青鹿《あおじし》（羚羊《かもしか》）の皮で作った深沓に履き替える。この深沓は一杯飲み屋『末広』の女将の知り合いから譲ってもらった。溶けた雪が滲みてこなくて霜焼けもできない。重宝している。

一膳飯屋『もりよし』で晩飯を食って外に出ると、雪が降っていた。細かな小米雪だった。米粒のような細かな雪だ。

（根雪にはなるまい）

こう思ったが、長く厳しい霞露の冬の始まりだ。

翌朝、外に出ると、雪が二寸ほど積もっていた。

「安さん、雪鋤《ゆきすき》、持ってないか。あったら、雪をかいてくれ」

おはよう、とも言わず、安兵衛に雪かきを命じたのは参だ。

「持っていないから後で借りてきて、かいておくよ」

こう言い残して安兵衛は一本松に向かった。

途中、雪鋤を両肩に担いだ蚊帳売りの吉兵衛とすれ違った。

「きょうからしばらく忙しいぞ」

うれしそうに笑い、雪鋤はいかがですか、と声を張り上げた。

この辺りの雪鋤は、六尺ほどの棒の先に幅一尺、長さ一尺三寸ほどの板を打ち付けてある。一冬使うとあって結構売れる。雪が溶けて使わなくなると、吉兵衛が安く買い取る。棒は状態がいいと、新しい板を打ち付けて翌年また売り物にする。悪いと一尺の薪にして売る。板はよく乾かしてから細く割って炊き付けとして売るのだ。

一本松に着くと、いつもの連中が顔をそろえていた。草鞋《わらじ》売りの六平は、藁の深沓を天秤棒の前後にざっと十足ずつぶら下げていた。

「六さん、いつ深沓の作り方を覚えたんだ」

安兵衛が声をかけた。

「おれは深沓を編むほどの腕じゃねえ。仕入れたんだよ。この冬にすっかり編み方を覚えて来年は、この六平様が編んだ深沓を売り歩くつもりだ」

胸を張った六平に、脇で話を聞いていた油売りの伊助が口を挟んだ。

「六、その意気やよし、と褒めてやりたいが、去年も同じことを言っていなかったか」

「そう言えば、そんな気がする」

どっ、と大きな笑いが渦巻いた。

「さあ、稼ぎに行くか。みんな、滑って転ばないように、な」

「伊助兄いこそ、気をつけて。若くはないんだから」

「違えねえ」

また笑い声が響いた。

三　根雪

雪が降ったり止んだりの日が続き、霞露の城下も白一色になった。

棒手振りや担ぎ売りの掛け声も雪に吸われて静かだ。まるで城下全体がだんまりを決め込んでいるようだ。

安兵衛は雪が降り始めてから霜焼けやひび、あかぎれに効く塗り薬を仕入れて売り歩いている。水仕事の多い嬶が買ってくれるが、つらそうな赤い手を見ると、つい安く売ってしまう。

「まあ、いいか」

夕方、こう独り言を言って小間物屋『万屋』に寄って塗り薬を仕入れ、木箱に収めた。

その足で末広に行った。近ごろ、女将の末が「しのぎ汁」と言う体が温まる汁を出している。うまい、と評判になり、酒を飲まない嬶や子どもたちもやって来る。ちょっと遅れて行くと売り切れになっている。

「お末さん、しのぎ汁、まだ残っているかい。ああ、よかった。しのぎ汁一杯と濁り酒二合、頼むよ」

末が自慢するしのぎ汁は、肉と脂をじっくり煮込んだ熊汁だ。豆腐や豆なども入っている。寒い冬を凌ぐのに持ってこいの食い物と考えて、しのぎ汁と名付けたそうだ。

この熊肉は、城下の北にある夕時雨村の一人マタギの修二が仕留めたものだ。修二は末の亭主の新吉を子どものころからかわいがっていた。その縁から修二が仕留めた獲物の肉を、夕時雨から城下に住む新吉に届けてくれるのだ。

安兵衛は何度か修二に会ったことがある。口が重いが、新吉の話になると、目の奥に優しい光が宿る。独り者の修二にとって新吉は、自分の子どものようなものだ。

修二は手先が器用な男だ。仕留めた獲物の皮を使っていろいろな物を作る。冬に新吉と末が履いている深沓は、青鹿の皮を切って縫って作った物だ。藁を編んだ深沓は履き続けていると雪が滲みてくることがあるが、修二の深沓はそんなことがない。霜焼けになる恐れが少ない。そのうえ滑りにくい。

床几に座ってしのぎ汁を肴に濁り酒を飲んでいると、末が飯と漬け物を持って来た。

「どう、しのぎ汁は」

「うまい。体がぽかぽかしてきたよ。修二さんのお陰だ」

「天気のいい日に、また誰かが届けてくれることになっているの」

「それは有り難い。腹は修二さんの熊汁、足許は修二さんの深沓。修二さんのお陰でこの冬も乗り切れそうだ」

「今度来るとき、うちの人に青鹿の袖なしを持って来るそうよ」

「綿入れのちゃんちゃんこではなく、青鹿の皮のちゃんちゃんこですか」

「そう。暖かいと言う話よ。うちの人、一日に何度も外に出て天気を見ているのを知っているから袖なし羽織を作ってくれたの」

新吉は霞露の城下の晴雨考（天気予報）を作ろうとして毎日の天気を帳面に書き留めている。夕時雨村にいたときに作った晴雨考が霞露藩の家数《いえかず》人数《ひとかず》改め方の島兵部の目に留まった。島は藩の重役を、十年後、二十年後に百姓仕事や職人仕事、日々の暮らしの役に立つようになる、と説き伏せて天和池近くの土地を貸し与えた。

末と二人で天和池に移った新吉は、炭を焼きながら天気調べをしている。

「深沓にしても袖なしにしても銭になりそうだから修二さんに、もっと作って、と勧めているけど修二さんは、銭は玉薬（火薬）代だけあればいい、と乗ってこないのよ」

「修二さんらしいな」

気が向いたときしか作らない。と言うよりも、気に入った者に分け与えるために作っている、と安兵衛は思っていた。

「本当に」

末はこう言って戻って行った。

安兵衛はしのぎ汁を食いながら、修二の住む小屋に行ったときのことを思い出していた。

――一生懸命何かを作っている修二に「何を作っているんで」と聞いたら、「安、足を出せ」と言って足の裏の長さを掌を広げて測った。「安の深沓を作っている。できたらやる」と言った。その年の秋、夕時雨の若い衆が深沓を届けてくれた。以来、安兵衛は大雪が降ったときだけ修二の深沓を履いている。足を測ったとき、「ずいぶんでかい足だな」と笑った大きな声を思い出しながら――。

しのぎ汁と濁り酒で体が温まり、丼飯で腹がいっぱいになった安兵衛は、末広を出た。

大粒の雪が、のっしのっし、と降っていた。

「これは根雪になるな」

独り言を言ってから、ぶるっ、と身を縮めて長屋に急いだ。

四　垂《しず》り雪

きょうも雪雲が空を覆い、なだらかな山容の霞露岳も見えない。

屋根の上や木の枝に雪がのっそり乗っている。

「姐さん、どうしているかな」

ふと香の顔が見たくなり、桜坂に向かった。

裏木戸を開けたとき、どこからか、どさっ、と音がした。何の音だ、と思って見ると、松の枝が小さく揺れていた。

「何だ、垂りだったのか」

安兵衛が耳にしたのは、松の枝に降り積もった雪が落ちた垂り雪の音だった。降り重なった雪が何かの弾みで落ちたのだ。

勝手口を開けて声を掛けると、香の世話をしている寅が出て来た。

「おや、珍しいな。雪で出無精になったのか、さっぱり顔を出さないな、と奥さんと噂していたところだ」

　こう言い残して香を呼びに行った。

　すぐに香が顔を見せた。口許に笑みが浮かんでいる。

「寒いうえに、この大雪。どうしているか、とご機嫌伺いに参りました」

「毎日、顔を出しなさいよ。新しい房楊枝もほしいし、お寅さんにあかぎれに効く薬もほしいし……」

　言われた品を出して並べると、香が身を乗り出して小声で言った。

「夜、温めてくれる懐炉がほしいの」

「それは、いま、持っていませんので後で持ってきます。いつが、よろしいんで」

「それが、なかなかいつとは言えないの」

　寅が家のある芋田村に帰るのは、田植えと稲刈りのときに決まっている。だから、冬に泊まりに来ることはない。

「温めに来れなくても、せめて二日に一度は顔を出しておくれ。雪のために外にも出ることができないし、お寅さんの顔も見飽きたし……」

　香と安兵衛は、声を上げて笑った。

二人の話を聞いていなかったのか、寅がきょとんとして聞いた。

「何がおかしいんだ。おれにも教えてくれ」

また声を上げて笑った香が言った。

「この雪、飽きたね、雪がお米だったらよかったのに、と言っていたの」

「まったくだ。でも、雪が降らないと田植えに困る」

降り積もった雪は、春になると、田畑に恵みをもたらすのだ。

「それはそうと、安さん、炭を二、三貫持ってきてくれ」

「はい、明日でもいいですか」

「頼むよ」

「はい、明日、持ってきます」

香から品代を受け取った安兵衛が立ち上がると、香が寅に言った。

「家にばかりいたから少し外の気を吸ってくるよ」

藁の深沓を履いて出て来た香が安兵衛を引き止めた。

「安さん、待って」

振り向くと、近寄った香は安兵衛の口を激しく吸った。

二人の唇に雪がひとひら落ちた。紅の味のする雪だった――。

五　濡れ雪

雪雲が城下の上に居座り、雪を降らせている。十日ほど前から少し寒さが緩んだ感じだ。さらさらした雪から水気を含んだような少し重い濡れ雪が多くなった。

もうじき立春だ、と誰かが言っていたが、このまま春になる訳がない。寒さをぶり返して軽い雪に戻ったかと思うと、また重い雪になる。行きつ戻りつして春に近づく。

そんな重い雪が降っている朝、一本松で顔を合わせた棒手振りたちは、みんなしけた顔をしていた。頭の三度笠に雪が積もっている。

吉兵衛が、雪鋤が出回ったので売れなくなった、とぼやくと、深沓を売っている六平も、おれもだ、とうなずいた。みんな青息吐息なのだ。

安兵衛も同じだった。あかぎれ、霜焼けに効く塗り薬も売れなくなったし、商家の内儀や娘は雪で外に出かけることも少なくなり、白粉や紅の売れ行きも止まった。

食い物を商っている者と炭を売っている者だけが元気がいい。

「こんな日は、朝から御山の湯に浸かって酒でも飲んでいたいものだ」

「誰だ、夢みたいな話をしているのは」

笑いながら声を張り上げて聞いたのは油売りの伊助だ。

「鋳掛屋の治助だよ」

この声は水売りの五助だ。

「何だ、治助か。お前、炭売りに替わって少し儲かっているんだろう」

「へい。鋳掛けよりも儲かっていますよ」

「だったら、夢みたいな話をするな」

「へい。でも、何だか、張り合いがないんです。知っての通り、おれには嬶もいなければ子もいない。誰かのために、何かのために稼ぐ、と言う張り合いがないんです」

「そうか。それで朝から御山の湯で酒か」

「へい。こんな夢でも張り合いになるか、と思って……」

「いや、立派な張り合いだ。治助、わしはその話に乗った」

「治助さん、安も行きます」

おれも、おれも、と言う声が上がった。さっきまでしけた顔をしていた連中ばかりだ。

「よし、日にちを決めよう。きょうの明日、と言う訳にはいかない。お得意に買い溜めてもらわないといけないし……。どうだ、五日後に出立する、と言うのでは」

おう、と大きな声が上がった。


出立の前日、安兵衛が炭焼きの新吉を訪ねると、夕時雨村から平太と平次と言う兄弟が泊まり込みで手伝いに来ていた。三人は焼き上がった小楢や櫟《くぬぎ》の炭の窯出しに精を出していた。

口許を手拭いで覆った新吉が出て来た。

「忙しいところに来たようで」

安兵衛が頭を下げると、いやいや、と言うように顔の前で手を左右に振った。

そのまま井戸に行き、口を濯《ゆす》いで戻って来た。

「後は平太と平次の仕事」

「二人はいつから新吉さんの手伝いをしているんで」

「かれこれ一月になるか」

やはり口を濯いで来た末に確かめた。

「修二さんが捕った熊の肉を届けに来てくれ、そのままここに残って手伝っているの」

「しのぎ汁は平太と平次のお陰で食えたのか」

「そう。でも、肉も底を突いてきたのでまた運んでもらおうかと思っていたところよ」

「いつ行くんですか」

「二、三日中だな」

新吉が答えた。

「あっしら、明日、御山の湯に行くつもりです」

「御山の湯とは豪華なことだな」

「この雪でさっぱり商いにならないので、景気づけに行くんですよ」

安兵衛は笑って御山の湯に行くことになった経緯《いきさつ》を教えた。

「それはいい。でも、明日は止めた方がいい」

えっ、と聞き返すと、新吉は奥に行って帳面を持って来た。

「おれはご城下の天気を調べているので、北の三本木原の天気はしかとは言えないが、明日は吹雪になりそうだ。それで平太、平次の出立をずらしたのだ」

「困ったな。御山の湯に行くと決めたときから出立は、明日、と決めたんです」

「そうか、日延べはできないのか」

「はい」

「それなら吹雪にそなえた装いで行くんだな」

「長縄も持った方がいいですか」

「長縄を何に使うんだ」

「伊之助さんも連れて行くんで吹雪になったとき離れ離れにならないようにあっしと縄で繋ごうか、と」

「いい考えだ。で、全部で何人になるんで」

「六人、ですな」

安兵衛が指折り数えてから答えた。

「六人か。その人数なら、平太と平次も同行させてくれ」

「はい、分かりました」

六　吹雪

霞露を出立したのは、九つ半（午後一時）過ぎだった。ゆったり湯に入って夕方から酒盛りを始めるのにちょうどいい頃合いと見て、九つ半に霞露を出たのだ。

一行は、伊助と伊之助親子、言い出しっぺの鋳掛屋治助に雪鋤売りの吉兵衛、針売りの松蔵、安兵衛に平太と平次が加わった八人だ。

長さ二間ほどの縄を輪にして袈裟懸けに掛けている安兵衛の格好を見て、みんな笑いながら聞いた。

「何のまじないだ」

「三本木原を無事に通れるように、と言うまじないです」

新吉の吹雪と言う見立てを言う訳にいかない。外れたら新吉の評判を落とすからだ。

この日は朝から雪が降っていたが、風もなく、さして苦にならない。

だが、城下の外れ辺りから風が強くなった。ここを過ぎると、ほどなく三本木原だ。

大小さまざまな岩が転がっている荒れ野だ。目印になるような大きな木はない。見通しのいい日は半刻ほどで通り抜けるが、吹雪や濃い霧のときは難渋し、一刻半や二刻もかかったりする。何年かに一度は猛吹雪で方角を見失って倒れ、凍え死にする者もいる難所だ。

三本木原に入ると、真向いからの風が強くなり、激しい吹雪となった。風が巻いているのか、しょっちゅう向かい風から横殴りの風に変わる。横風かと思うと、すぐに正面から吹きつける。

被っている三度笠に手をかけて傾けて雪をよけているが、雪が顔に叩きつけて痛い。そのうえ足許の雪は深さが一尺ある。先頭を歩く治助が雪を掻き分け、みんなその後に続く。

三町ほど進んだとき、安兵衛が治助に大きな声を掛けて足を止めた。安兵衛と伊之助は一行の真ん中にいるが、吹雪がうなる音がすさまじく大声を上げないと、四、五間先を歩く治助に声が届かないのだ。

「どうした」

「へい。まじないの出番なんで」

肩に掛けた縄を取って伊之助の腰と安兵衛の腰に巻いた。

「伊之さん、万が一に備えたまじないですよ」

「安、済まないな。伊之、しっかり巻きつけて置くんだぞ」

伊助が伊之助を励ました。

「はい」

「治助さん、済まなかった」

安兵衛が治助に礼を言うと、伊助が叫んだ。

「先頭は吉兵衛に替われ」

深い雪を掻き分ける先頭の疲れがひどいからだ。

「よし、行くぞ」

一行は再び歩き始めた。足を止めたときは三間先が見えていたが、歩き始めてすぐに一間先が見えなくなった。前も後ろも、右も左も、びゅうびゅう音を立てて渦巻く吹雪だ。進む方角を見失いそうだ。声を掛け合って少しずつ進む。大岩の陰に隠れて雪をよけたいが、大岩はずっと先だ。進むしかない。

雪まみれになった男たちは、黙々と歩き続けた。

伊之助の足が止まりがちになり、そのたびに安兵衛は腰に巻きつけた縄に、ぐん、と引っ張られる。

「伊之さん、頑張って」

「はい」

男たちの顔に張りついた雪が溶け、汗のように流れる。手で拭ってもすぐに新しい雪が叩きつけ、張りつく。三度笠を傾ける手はすっかり冷たくなり、感覚がない。

先頭が吉兵衛から安兵衛に替わった。伊之助は安兵衛の後ろにぴったりついて来る。

十町進むのに四半刻はゆうにかかり、ようやく目当ての大岩にたどり着いた。

「ここで少し休むぞ」

吹雪が当たらない場所を選んで、岩を背にして腰を下ろした。

男たちは手拭いを取り出して顔を拭いた。絞れば雫が滴り落ちそうだ。

だが、音を上げる者はいない。竿灯組細作（間者）の新参者の安兵衛は知らないが、治助も吉兵衛も松蔵も細作として鍛錬を積んでいる。音を上げるどころか、猛吹雪を楽しんでいるように見える。

少し休んでいる間に安兵衛の汗を掻いた体が冷え始めた。

安兵衛が見ていると、ほかの連中も体に手拭いを入れ、汗を拭いている。

早く動き出さないと風邪を引く、と安兵衛が思ったとき、伊助が声を上げた。

「さあ、行くぞ。今度の先頭は松蔵だ。二町進んだところで平太と替われ。その次は平次だ」

「へい」

吹雪いていなければ半刻で抜ける道程《みちのり》だが、倍の一刻かかった。

三本木原を抜けた途端に吹雪が弱くなり、見通しもよくなった。

顔についた雪を拭い、三度笠に積もった雪を払って足取りも軽く御山村に入った。

安兵衛も伊之助に巻いていた縄を解き、身軽になった。縄を輪にして袈裟懸けにしようとしたが、雪が凍った小さな粒となって張りつき、すっかり重くなっている。

門前町に差しかかったとき、伊助が一行の顔を見回して言った。

「真っすぐ湯に入りに行く。安、湯札を買って来い」

「へい」

安兵衛は伊之助を連れて湯札を置いている小間物屋『木助屋』に走った。

店は閉まっていた。湯治客の少ない冬は、商いにならないのだ。

「丙助さん、安兵衛です」

戸を叩いた。すぐに主が出て来た。

「おや、安兵衛さん。突然のお出ましですな」

笑って迎えた丙助に訳を話した。

「それは大変だ。早く湯に浸からないと風邪を引く。一緒に行きますよ」

御山の湯に着くと、湯守に話をつけたのか、みんな乳色の湯に浸かっていた。

「後の手配りは、あっしがやっておきます。安さんも入るがいい」

木助屋丙左衛門が請け負った。

「有り難い」

安兵衛が湯船をのぞくと、みんな吹雪でかじかんだ手足を伸ばして入っている。

「極楽、極楽」

「いい湯だぞ。安、早く入って来い」

安兵衛は伊助のそばに行って、すっかり冷えていた体を少しずつ湯に沈めた。

熱い湯だが、すぐに芯まで凍った体を解きほぐした。

「うーん、いい湯だ。伊之さん、どうだい」

顎まで湯に漬かって安兵衛が聞いた。

「熱いけど、気持ちいい。吹雪を突いて入りに来たのだから余計気持ちいい」

「まったくだ」

笑い声が湯屋の中に響いた。

後は、みんな黙って湯に浸かっている。日が暮れて暗くなって何も見えない天井を見つめている者もいれば、耳をすまして天井から落ちてきた雫が湯に跳ねる音を楽しんでいる者もいる。

やがて伊助が、ざあーっ、と音を立てて立ち上がった。

「わしは上がるぞ」

体の芯からすっかり温まったようだ。

ほかの者たちも湯から上がり、乾いた手拭いで体を拭いた。

「ここから宿は近いのですか」

体を拭き終わった伊之助が安兵衛に聞いた。

安兵衛が伊之助を見ると、顔がてかてかと輝いている。

「半町ほどだよ。深沓を履いて濡れた着物や三度笠を抱えて宿屋まで走るんだ」

「走るのかい」

「ゆっくり歩いていると湯冷めする。湯冷めしないように走るのさ」

「分かった」


安兵衛が宿屋に着くと、木助屋が部屋に案内した。

八人分の膳が並んでいた。寒くないように素焼きの丸火鉢も二人置きに置いている。

大変な馳走だな、と思っていると、伊助が盃を上げて言った。

「みんな、よく吹雪を乗り越えた。わしが思ったよりも早く着いた。さあ飲もう」

腹が減っていたのか、男たちは酒を一口飲むと、膳の上の焼き魚にかぶりついた。

「伊之、少しなら酒を飲んでいいぞ」

伊助にこう言われたが、伊之助は手をつけようとしない。

安兵衛が徳利を持って伊之助の前に進み、少し注いだ。

恐る恐る飲んだ伊之助が言った。

「苦い」

笑い声が上がった。

「伊之さん。あっしらは、その苦い酒を飲むために足を棒にして稼いでいるのさ」

治助が教えた。

「嬶に酒なんざ、よしな、と泣かれながら、な」

吉兵衛が冷やかすと、治助が開き直った。

「あっしは独り者だ。泣いてくれる嬶はいねえ」

また笑いが渦巻いた。励まし合って猛吹雪を乗り越えたと言う思いが口を軽くしていた。

「親父さん、思ったよりも早く着いた、と言いましたが、吹雪くと分かっていたんですか」

安兵衛が酒を注ぎながら伊助に聞いた。

みんな耳をそばだてている。

「安、お前と同じだよ。新吉さんにどんな天気になるか聞いて来たんだ」

「そうでしたか」

「安も長縄を用意していたではないか」

「へい。吹雪いても伊之さんと離れ離れにならないように」

「新吉って天和池の炭焼きか」

こう聞いたのは吉兵衛だ。

「そうだ。何年も天気を調べて帳面に書き留め、何月何日《いつそれ》の天気は晴れ、何月何日の天気は雪と言う具合に前もって天気を知らせるのさ」

「すごいな。三本木原の吹雪を当てたんですか」

「新吉さんは、ご城下の天気調べをしているので三本木原の天気を当てるのは自信がない、と言っていたが、どうしてどうして」

翌朝、安兵衛は伊之助に起こされた。

「安さん、起きて。みんな湯に行ったよ」

「飯も食わずに、か」

「飯は湯から上がってからだって」

外に出ると、雪雲に覆われていたが、降ってはいなかった。

遅れて行くと、治助が盃と一合徳利を乗せた盆を乳色の湯に浮かべて、ちびりちびり、と飲《や》っていた。

安兵衛が近づくと、治助が叫んだ。

「来るな。来るなら、そっと来い。酒がこぼれる」

「安、あまり治助に近寄るな。治助の長年の夢を壊すこともない」

伊助が笑いながら言った。

「治助さん、済まなかった。酒、うまいか」

「おう。うまい。甘露、甘露だ」

「平太と平次の姿が見えませんね」

「朝飯を食って夕時雨に帰った。何か用を言いつけられたら一緒にご城下に行く、と言っていた」

昼過ぎ、何やら重そうな荷を背負った平太と平次が宿屋に顔を出した。

「重そうだが、大丈夫か」

伊助が聞いた。

「これしきの重さ、どうって言うことないですよ」

「そうか。きのうと違って天気がいいから力仕事も少し楽だな」

「何が入っているのだ」

吉兵衛が確かめた。

「修二さんに頼まれた青鹿の肉だよ、新吉さんに届けるのさ」

「青鹿の肉だ、と」

「修二さんが三日前に仕留めたそうだ。青鹿の肉は煮ても焼いてもうまいぞ」

「末広で食えるのか」

「ああ」

「真っすぐ末広に行ってお末さんに焼いてもらうか」

「治助に吉兵衛、何を馬鹿なことを言っているんだ」

治助と吉兵衛は、きょとんとした顔をした。

「青鹿のような大きな獣の肉は、十日から半月ほど寝かせて置くとうまくなるのだ。それまで待つんだな」

「青鹿を食うために十日の間に銭を溜めるか。いくらお末さんだって、ただで食わせてくれる訳がないからな」

「違えねえ」

「みんな支度はいいか。帰るぞ」

宿屋の入り口に行くと、木助屋丙左衛門が見送りに来ていた。

「木助屋さん、いろいろ世話になった。また湯に浸かりに来る」

伊助が礼を言うと、治助が付け加えた。

「朝湯に朝酒……。毎日でもいいねえ。木助屋さん、すぐに浸かりに来ますよ」

七　牡丹雪

安兵衛たちが御山の湯から帰って半月ほど経った。

寛政三（一七九一）年も春分が過ぎ、日増しに日差しが長くなった。積もっていた雪も見る見る減っている。

（お香姐さんの顔もしばらく見ていないな。元気でいるかな）

安兵衛は不意に桜坂に行く気になった。

足を向けて数町行ったところで雪が降ってきた。大きなかけらの雪が、ふんわり降ってきた。

「牡丹雪だ」

声を出して足を止め、空を見上げた。顔に雪がかかり、すぐに溶けた。口に入った雪は、そんなに冷たくなかった。

雲の切れ間から白い日が見えた。けたたましい白鳥の啼き声が聞こえてきた。姿は見えないが、白鳥が北に向かっているようだ。

再び歩き出したとき、ふと土の匂いを感じた。懐かしいような湿った匂いだった。

「蕗《ふき》の薹《とう》か……。春だな」

安兵衛は、軽い足取りで桜坂に向かった——。

主な参考文献

『日本史モノ事典』平凡社編　平凡社（二〇〇一年）
『大江戸復元図鑑』〈庶民編〉笹間良彦著画　遊子館（二〇〇三年）
『大江戸復元図鑑』〈武士編〉笹間良彦著画　遊子館（二〇〇四年）
『江戸の暮らし大全』「歴史人」十一月号　ＫＫベストセラーズ（二〇一一年）
『江戸の人々の暮らし大全』柴田謙介と歴史の謎を探る会　河出書房新社（二〇一五年）
『図解　江戸の銭勘定』山本博文監修　洋泉社（二〇一七年）
『江戸の居酒屋』伊藤善資　洋泉社（二〇一七年）
『江戸の家計簿』磯田道史監修　別冊宝島二四三九号（二〇一六年）
『江戸の家計簿』磯田道史監修　宝島社新書（二〇一七年）
『江戸の暮らしと仕事大図鑑』「歴史道」二号　朝日新聞出版（二〇一九年）
『江戸庶民の衣食住』「歴史人」八月号　ＫＫベストセラーズ（二〇二〇年）
『花巻人形の世界』高橋信雄　盛岡出版コミュニティー（二〇一七年）

初出

『蛍二十日に蝉三日』「天気図」第二〇号　録繙堂出版（二〇二二年五月）

※ほか六編は書き下ろし作品。

著者紹介

小原 光衛（おばら こうえい）

1947年　岩手県宮古市生まれ。
1969年　岩手日報社入社。運動部長、学芸部長、編集委員室長などを歴任。
2008年　同社退社。
著書：『小間物屋安兵衛』2021年
現　在　「もりおか童話の会」会員。
文芸誌「天気図」同人。
華道・青山御流楽山会岩手支部長。
岩手華道協会副会長。
岩手県盛岡市在住。

続《ぞく》・小間物屋安兵衛《こまものややすべえ》

2023年4月24日　第1刷発行
著　者　小原 光衛
発行所　盛岡出版コミュニティー
MPC Morioka Publication Community
〒020-0574
岩手県岩手郡雫石町鶯宿9-2-32
TEL&FAX 019-601-2212
https://moriokabunko.jp
印刷製本　杜陵高速印刷株式会社

ISBN978-4-904870-53-2 C0093